Mörder, Möpse und Moneten

Ein Roman von

Kurt von der Heide

Band I

Dieses Buch wurde geschrieben, gedruckt, ausgeliefert und bezahlt ohne staatlich-lippische Begabtenförderung!!

Bibliografische Information der Deutschen Nationalbibliothek:

Die Deutsche Nationalbibliothek verzeichnet diese Publikation in der Deutschen Nationalbibliografie; detaillierte bibliografische Daten sind im Internet über http://dnb.dnb.de abrufbar.

Herstellung und Verlag: BoD – Books on Demand, Norderstedt
ISBN: 9783756845477

Mörder, Möpse und Moneten

Diesen vierundzwanzigsten August sollte Sebastian Hagebaum sich in einem Kalender besonders kennzeichnen, dann das Blatt vorsichtig herausreißen und einrahmen. Denn dieser Tag sollte sein weiteres Leben für immer maßgeblich beeinflussen.

Sebastian war vierzehn Jahre alt und ging in die siebte Klasse der Realschule von Familienstadt. Er war so etwas wie der Außenseiter in dieser Klasse. Der Junge hatte auf der rechten Seite seines Gesichtes eine große Narbe quer über die Wange. Zusätzlich zog er das rechte Bein etwas nach.

Wie war das geschehen? Sebastian war elf Jahre alt, als das Haus seiner Eltern nach einer wirklich heftigen Explosion zusammenstürzte. Im Haus lebten auch die Großeltern von Sebastian. Die Oma hatte Schwierigkeiten mit dem Gasherd und verursachte die Explosion.

Was genau geschah, konnte nie geklärt werden. Von seiner ganzen Familie überlebte nur Sebastian schwer verletzt. Da weiter keine Verwandten zu finden waren, musste der kleine Junge in ein Heim. Dieses wurde von einem Orden betrieben. Seine Betreuerin war eine Nonne, Schwester Agnes. Im Laufe der Zeit wurde sie für ihn so etwas wie eine Ersatzoma. Sebastian war ein guter Schüler, aber er hatte keine richtigen Freunde. Da der Junge sein rechtes Bein nicht so belasten konnte, wie die gesunden Kinder, war es für ihn nicht möglich mit ihnen herumzutoben oder Fahrrad zu fahren. Auch die meisten Sportstunden konnte er nicht mitmachen, nur schwimmen machte ihm viel Spaß. Dadurch war Sebastian immer wieder dem Spott und dem Schabernack seiner Mitschüler ausgesetzt. Dazu kam, dass jeder wusste, dass er in einem Heim lebte. Kinder können grausam sein!

An diesem 24. August kam SIE in sein Leben – Anika Strelemann. Die Eltern des Mädchens waren beide Ärzte und hatten hier in Familienstadt eine neue große Gemeinschaftspraxis eröffnet. Sie hatten schon immer davon geträumt ein Haus und eine Praxis an der Nordsee zu besitzen. Ein Bekannter konnte ihnen dann dabei helfen, ihren Traum zu erfüllen.

Anika kam dadurch in die Klasse 7a der Realschule. Der einzige freie Platz war neben Sebastian Hagebaum. Neben ihm wollte keiner sitzen – aus den bekannten Gründen.

Anika wurde in kürzester Zeit zum Star dieser Klasse. Dabei hätten sie und Sebastian Geschwister sein können. Die beiden hatten die gleiche helle blonde Haarfarbe und blaue Augen. Anika trug ihre Haare offen und lang und wenn man in ihre Gesichter sah, war wirklich eine Ähnlichkeit zu erkennen. Zumindest wenn Sebastian seine heile Gesichtshälfte zeigte.

Anika behandelte ihren direkten Tischnachbarn nicht schlecht, aber schon nach wenigen Tagen redete sie nur noch mit Sebastian, wenn es unbedingt sein musste.

Sie war eben bildhübsch und stand deshalb im Focus der meisten Jungs aus ihrer Klasse. Anika genoss das und fühlte sich offensichtlich sehr wohl darin, im Mittelpunkt zu stehen. Sie war auch erst vierzehn Jahre alt, aber das Mädchen wusste genau was sie wollte und wie sie das ausnutzen konnte! Anika wirkte dabei aber nicht überheblich. Im Gegenteil, denn sie versuchte mit allen möglichst gut auszukommen und auch bei den Lehrern durch ihre ansprechenden Leistungen nicht negativ aufzufallen. Was ihr auch ohne Mühe gelang.

Sebastian fühlte sich zu Anika hingezogen. Auch wenn sie ihn in den Pausen nicht beachtete, hatte er einen großen Vorteil gegenüber den anderen Jungs - Anika saß direkt neben ihm!

Sebastian hatte Mühe sich auf den Unterricht zu konzentrieren. Jeder ihrer Blicke, jedes Wort und jede zufällige Berührung lösten in dem Jungen etwas aus, was er sich anfangs nicht erklären konnte. Besonders die Berührungen elektrisierten ihn. Sebastian musste sich zusammenreißen diese nicht absichtlich herbeizuführen. Der Junge war verliebt! Doch wie sollte er damit umgehen?

Anika spukte ständig in seinem Kopf herum. Sebastian wollte mit ihr teilen – Schokolade, Kuchen und andere Süßigkeiten. Das Mädchen lehnte alles ab, aber das war ihm egal. Hauptsache Anika redete mit ihm und sah ihm in die Augen. Trotz ihrer Ablehnung machte ihn das glücklich!

Das klappte dann auch lange Zeit ohne große Probleme, aber irgendwann brauchte Sebastian jemanden zum Reden, jemanden dem er sich anvertrauen konnte. Das konnte nur Schwester Agnes sein. Ob aber eine Nonne in weltlichen Liebesdingen die richtige Ratgeberin war?

Es war kurz vor Weihnachten, als Sebastian sich Agnes anvertraute. Die beiden saßen beim Abendbrot. Der Junge genoss gerade den Luxus momentan mit der Nonne alleine in dem kleinen Heim zu wohnen. Es war sowieso nur Platz für vier Kinder bzw. Jugendliche. Sebastian fand es auf der einen Seite nicht schlecht, aber so war ihm leider auch die ganze Aufmerksamkeit von Agnes sicher – was schon etwas nervig sein konnte.

Doch Sebastian war im Innersten froh, dass Jugendamt und Kirche für ihn sorgten. Er selber hatte bei der Explosion seines Elternhauses ja alles verloren. Geerbt hatte er auch nichts, da seine ganze Familie ihr Vermögen in das Haus gesteckt hatte und dieses trotzdem noch mit hohen Schulden belastet war. Das Jugendamt musste alles für ihn regeln.

„Agnes, kann ich dich mal etwas fragen?" Die Angesprochene bestrich gerade eine Scheibe Brot mit Butter und sah ihn leicht erstaunt an.

„Du kannst mich jederzeit alles Fragen, das weißt du doch!" Sebastian biss jetzt von seiner schon belegten Scheibe Brot ab und kaute überlegend vor sich hin.

„Woran merkt man eigentlich, dass man einen Menschen gern mag – oder sogar liebt?" Sebastian fragte das sehr zögerlich und schüchtern.

Agnes war inzwischen damit beschäftigt ihr Brot mit zwei Scheiben Käse zu belegen. Der Junge wartete geduldig auf eine Antwort. Agnes antwortete selten spontan bei einem schwierigen Thema, denn sie wollte nichts Unüberlegtes sagen und diese Frage war schwierig zu beantworten.

„Du merkst es daran, wenn du einen besonderen Menschen triffst, von dem du dir wünschst, dass er für immer bleibt. Aber natürlich gehört auch Herzklopfen dazu und das berühmte Kribbeln im Bauch. Oder das Gefühl der Sehnsucht, wenn dieser Mensch nicht bei dir ist. Damit beginnt eine lange Reise, aber das ist dann erst der Anfang!"

„Du meinst also auch, dass Anika für mich etwas Besonderes ist, weil ich immer an sie denken muss? Weil mein Herz klopft und die Welt still zu stehen scheint, wenn sie in meiner Nähe ist? Obwohl sie meine kleinen Geschenke und meine Hilfe stets abgelehnt hat? Obwohl sie nur mit mir spricht, wenn es sich nicht vermeiden lässt?"

Agnes musste lächeln. „Das ist der Anfang dieser Reise, kleiner Träumer. Zugegeben, am Anfang erscheint alles so, als würde es nie aufhören, als würde der Zug immer weiterfahren. Aber wenn der erste Tunnel kommt und es dunkel wird, dann kann man den anderen plötzlich nicht mehr sehen. Dann spürt man ihn noch – vielleicht aber auch nicht!"

Die Verwirrung bei Sebastian nahm von Wort zu Wort zu. Er hatte noch keine Ahnung von der Fahrtstrecke des Lebens und dachte, dass sie immer geradeaus durch Felder, Wiesen und ständigem Sonnenschein führen würde.

Die Nonne versuchte ganz angestrengt die richtigen Worte zu finden, denn das wollte sie sicher – die richtigen Worte finden, um Sebastian zu helfen. Der Junge war ihr nämlich sehr ans Herz gewachsen! „Wie soll ich dir das nur genauer erklären?" Agnes vergaß zu essen, stand auf und streichelte Sebastian einmal über den Kopf. Sie lehnte sich an die Tischkante.

„Jemanden mögen beginnt mit einer großen Sehnsucht. Du denkst, die Welt ist ein großer Konzertsaal und du hörst immer deine Lieblingsmusik. Wenn der letzte Ton erklungen ist, hoffst du auf eine Zugabe."

Agnes hielt inne, denn sie konnte deutlich sehen wie es in Sebastian arbeitete. „Jemanden mögen hängt nicht davon ab, was der andere tut – oder eben nicht. In deinem Fall ist es Anikas Ablehnung deiner Aufmerksamkeiten! Wenn es dir trotzdem so geht wie du eben beschrieben hast, dann ist sie wirklich etwas Besonderes für dich!"

„Also, wenn sie mich nicht mag, kann ich sie auch nicht mögen!" dachte Sebastian. *„Ich muss Anika vergessen, sie wird nie zu mir gehören!"*

Große Gedanken für einen doch ziemlich überforderten 14jährigen Jungen. Er konnte noch nicht unterscheiden, ob er Anika einfach nur mochte, oder ob es wirklich tiefere Gefühle waren. Das war schon für viele Erwachsene zu schwer!

Schwester Agnes wusste nicht, ob ihm ihre Antwort wirklich weitergeholfen hatte. Sie würde auf jeden Fall morgen im Kloster nebenan für ihn beten! Etwas überfordert und verwirrt strich sich der Junge nun die Banknachbarin aus seinen

Gedanken. Sie gehörte nicht zu ihm. Und damit sparte er sich weitere Fragen für später auf. Kurz danach ging Schwester Agnes. Sebastian war damals, wie gesagt, gerade erst vierzehn Jahre alt.

Wenige Wochen nach ihrem fünfzehnten Geburtstag war Anika mit ihren Eltern, Sören und Marie, bei Oma Hannah zu Besuch. Die drei saßen dort an der langen Kaffeetafel und wunderten sich, dass der Kuchenberg auf dem großen Tisch im Wohnzimmer von Hannah scheinbar nicht weniger wurde. Sören und Marie, 37 und 38 Jahre alt, waren freundliche und aufmerksame Eltern, deren ganzer Stolz ihre hübsche fünfzehnjährige Tochter war. Wenn man wissen wollte woher Anika ihr

Aussehen hatte, brauchte man nur Marie anzusehen!

Hannah, die Gastgeberin und Mutter von Marie, hatte Geburtstag und wurde heute 64 Jahre alt. Sie war schon so lange Witwe, dass sich ihr einziges Enkelkind Anika nicht mehr an ihren Großvater erinnern konnte.

An dem großen Tisch saßen insgesamt zehn Personen. Hannahs Familie, auch wenn man weit entfernte Verwandte dazu rechnete, bestand aus ganz wenigen Personen. Heute waren nur diese drei Strelemanns vertreten. Maries jüngere Schwester Sahra war Polizistin und musste leider arbeiten. Sören hatte keine Geschwister und seine Eltern waren vor fünf Jahren bei einem Verkehrsunfall ums Leben gekommen.

Die anderen Personen an der Kaffeetafel waren Freunde und Nachbarn von Hannah. Anika machte es nichts aus, die Jüngste von allen zu sein. Sie wurde von den anderen aber auch als Erwachsene behandelt. Karl-Heinz, ein Nachbar von Hannah, gab gerade zwei seiner berühmten oder auch gefürchteten Witze zum Besten. Sogar Anika gab sich Mühe die Witze nicht zu vergessen.

„Auf einem großen Ball der vornehmen Gesellschaft tanzt ein Paar miteinander. Nach einem Blick in die tieferen Regionen ihres Tanzpartners, sagt sie zu ihm: "Mein Herr ihr Geschäft steht offen!" Er: "Es ist mir peinlich hinunterzuschauen. Können Sie mir sagen, ob der

Geschäftsführer auch herausschaut?" Sie (nach einem prüfenden Blick): "Nein - nur die beiden Prokuristen..."

Noch bevor das Gelächter für diesen ersten Witz ganz verklungen war, folgte schon der Zweite.

„Eine Oma steigt im Kaufhaus im Erdgeschoss in den Aufzug. Im ersten Stock steigt eine total aufgedonnerte junge Frau ein und zieht eine riesen Parfümwolke hinter sich her. Sie schaut herablassend auf die Oma und meint: "Chanel No. 5 -- 50 ml 100 Euro!" Im zweiten Stock steigt eine noch mehr aufgedonnerte junge Frau ein und zieht leider eine noch größere Parfümwolke hinter sich her und meint noch herablassender: "Cartier 50 ml -- 250 Euro!" Im vierten Stock will die Oma aussteigen, sie lässt eine wirklich einzigartige Duftwolke hinter sich und sagt ganz cool beim Aussteigen: "Rosenkohl von Aldi 200 g -- 99 Cent"!

Das aufbrausende Gelächter wollte kein Ende nehmen. Oma Hannah kam danach auf Anika zu.

„Du bist doch bestimmt noch nicht mit dem Kuchen fertig! Greif zu und nimm dir noch ein Stück von der Mokka-Sahne Torte. So sportlich wie du bist, kannst du noch etwas vertragen!"

Hannahs Mokka-Sahne Torte war eine berühmte Spezialität. Überhaupt waren ihre Kuchenbuffets schon legendär. Anika musste lachen und wehrte mit gespieltem Entsetzen ab.

„Nein, nein Oma! Wenn ich noch ein Stück Torte esse, dann platze ich! Soviel Kuchen wie ich heute in mich hineingestopft habe, esse ich sonst in einem Monat!"

Das war die absolute Wahrheit. Anika war eine durchtrainierte Sportlerin. Sie spielte im Verein und achtete natürlich auf ihre Ernährung, aber wenn man bei Hannah zu Kaffee und Kuchen eingeladen war, sollte man vorher nichts gegessen haben.

„Nana, jetzt übertreibst du aber!" erwiderte Anikas Oma schmunzelnd, bevor sie ihrer Enkelin einen dicken Schmatzer auf die Wange gab. Die beiden verstanden sich wirklich bestens. Dann ging Hannah weiter zum nächsten Gast und versuchte den zu überreden noch ein Stück Kuchen zu essen.

Sören und Marie hatten diese Szene lächelnd beobachtet. Auf einmal griff Sören in die rechte Hosentasche und nahm sein Handy heraus. Er sah kurz darauf und wandte sich dann an Marie und Anika.

„Ich habe eine Unwetterwarnung auf mein Handy bekommen. Es soll Sturm mit über 100km/h geben und örtlich auch Starkregen. Wir sollten uns verabschieden und losfahren, damit wir zu Hause sind bevor der Schlamassel dann richtig losgeht."

Seine Frau und seine Tochter waren einverstanden. Frühzeitig zu fahren war sicher vernünftig, denn der Heimweg würde eine Stunde dauern. Marie übernahm es, ihrer Mutter die schlechte Nachricht zu überbringen.

„Mama, wir müssen uns verabschieden! Sören hat eine Unwetterwarnung erhalten und wir wollen jetzt fahren, damit wir da nicht hineingeraten!" Hannah war natürlich enttäuscht, aber sie konnte diese Entscheidung verstehen.

„Das ist natürlich sehr schade, aber ich verstehe euch. Ihr habt ja den weitesten Weg und müsst dann vorsichtig fahren." Hannah musste schmunzeln. „Damit ihr aber unterwegs nicht verhungert, packe ich euch auch noch etwas Kuchen ein!"

Das Geburtstagskind verabschiedete sich von ihrer Familie mit Umarmungen und zwei Teller voller Kuchen.

„Damit mein Engel nicht verhungert", meinte sie dazu augenzwinkernd. Damit war natürlich Anika gemeint, die mit ihren langen blonden und fast goldenen Haaren beinahe wie ein Engel aussah. Das ihre Enkeltochter bald wirklich einen Engel, einen Schutzengel brauchen würde, konnte Hannah nicht ahnen.

Als die drei losfuhren, winkte sie ihnen hinterher, bis ihr der Arm weh tat. Ein seltsames Gefühl machte sich in ihr breit. Als Hannah sich umdrehte und zu den anderen Gästen ins Haus ging, hatte sie Tränen in den Augen.

Sören, Marie und Anika fuhren gut gelaunt und mit vollen Bäuchen nach Hause. Anika saß hinten, hatte Kopfhörer in den Ohren und hörte Musik über ihr Smartphone.

Marie hatte es sich auf dem Beifahrersitz bequem gemacht und hielt sich mit einer Hand den Bauch. „Puuh", stöhnte sie etwas gequält. „Ich esse aber nie wieder so viel Kuchen!" Ihr Mann musste lachen.

„Erstens hast du das beim nächsten Besuch bei deiner Mutter schon wieder vergessen. Zweitens haben wir noch jede Menge Kuchen mitgenommen und drittens sagst du das nach jedem Besuch bei deiner Mutter!"

Marie sackte nach diesen Worten noch mehr in sich zusammen, erwiderte aber nichts. Sören, als Fahrer des Wagens, war aber froh rechtzeitig bei Hannah losgefahren zu sein. Denn je näher sie Familienstadt kamen, umso bedrohlicher wirkte die dunkle Wolkenwand, der sie entgegenfuhren.

Auch der Wind hatte jetzt so stark zugenommen, dass Sören sehr langsam fahren musste, um das Auto in der Spur zu halten. Er meinte zu seiner Frau:

„In zehn bis fünfzehn Minuten sind wir zu Hause. Glücklicherweise regnet es noch nicht. Der Sturm reicht mir schon!" Marie nickte zustimmend und Anika bekam sowieso nichts mit. Sie hatte die Augen geschlossen und hörte ihre Musik. Das war das Letzte, was sie für lange Zeit hören sollte!

Sören fuhr durch eine Rechtskurve. Danach kam noch ein kurzes Stück freies Feld und dann der Ortseingang. Dort musste er in die zweite Straße links abbiegen und sie waren zu Hause. Soweit die Theorie.

Auf der linken Seite der Straße standen einige Bäume und der Sturm peitschte durch deren Äste. Sören fuhr durch die Rechtskurve und sah nur noch etwas Großes, dunkles rasend schnell auf sich zukommen. Er versuchte noch zu bremsen und auszuweichen, aber Sören hatte keine Chance! Nur ein ganz kurzer entsetzlicher Schmerz, dann wurde er gnädiger Weise für immer in die Ewigkeit aufgenommen. Sörens Frau hatte sowieso die Augen zu und starb, ohne ihre Lieben noch einmal gesehen zu haben. Nur Anika hörte trotz der Kopfhörer dieses furchtbare Geräusch, als der Baum auf das Auto krachte. Durch den ruckartigen Stillstand wurde sie nach vorne gegen den Sitz ihrer Mutter geschleudert. Das rettete ihr Leben!

Was war geschehen? Eine Buche konnte der Kraft des Sturmes nicht standhalten und stürzte ausgerechnet auf das Auto der Strelemanns. Ausgerechnet deshalb, weil man weit und breit kein anderes Auto auf der Straße sehen konnte.

Schicksal auch noch, weil Mitarbeiter von der Stadt gerade diesen Baum gekennzeichnet hatten. Er sollte gefällt werden, weil er krank und innen hohl war! Sören hatte nach durchfahren der Kurve, keine Chance zu reagieren. Auch wenn die Buche nicht sehr groß war, setzte sie dem Leben von Marie und Sören ein jähes Ende!

Anika hatte Glück: dort wo ihr Kopf gewesen war, hatte ein Ast das Dach durchschlagen. Er war nicht besonders dick, aber das Autodach konnte der Wucht nicht standhalten. Das Mädchen wurde ja durch den plötzlichen Stillstand des Autos nach vorne gegen den Sitz ihrer Mutter geschleudert. Dabei erlitt sie einige stark blutende Wunden im Gesicht und am Hinterkopf. Doch auch der Rücken wurde stark in Mitleidenschaft gezogen. Anika war bewusstlos und das war das Beste, was ihr passieren konnte. So bekam sie nichts mit, nichts von ihren Schmerzen und auch nicht davon, dass sie von einer Sekunde zur anderen Vollwaise geworden war. Anika saß eingeklemmt, bewusstlos und stark blutend auf der Rückbank des Autos.

Sebastian Hagebaum war auf dem Weg zurück ins Heim. In seiner Freizeit fuhr er so oft er konnte zum Hof von Rolf Henrich. Der Landwirt war schon etwas älter und freute sich, dass Sebastian ihm so gut wie möglich etwas Arbeit abnahm. Der Junge verdiente sich so noch ein ordentliches Taschengeld.

Herr Henrich wollte Sebastian mit dem Auto zurück ins Heim bringen, aber der Junge meinte, dass der Weg mit seinem Mofa auch nur fünfzehn

Minuten dauern würde und der Regen bis jetzt noch nicht eingesetzt hätte. So kämpfte Sebastian sich mit seinem Mofa durch den Sturm.

Der kleine Seitenweg, der zum Hof von Herrn Henrich führte, mündete nur 150m hinter der Kurve auf die Hauptstraße. Nachdem der Junge die Einmündung zur Straße erreicht hatte, konnte er sofort sehen, dass nur wenige Meter von ihm etwas Schreckliches geschehen war!

So schnell wie möglich fuhr Sebastian zu der Unglücksstelle. Ohne darüber nachzudenken, war ihm bewusst, dass er der einzige Mensch weit und breit war, der in diesem Moment helfen konnte.

An der Unfallstelle angekommen bot sich Sebastian ein entsetzliches Bild. Die Motorhaube und der Bereich von Fahrer und Beifahrer hatten die volle Wucht der umstürzenden Buche zu spüren bekommen.

Sebastian stieg vom Mofa und ließ es einfach auf den Boden fallen. Der Junge war so aufgeregt, dass er sogar zuerst versuchte, über den Baum zu klettern. Das war natürlich Blödsinn mit seinem kranken Bein. Die Fahrerseite war ihm zugewandt, darum ging Sebastian als erstes zur Fahrertür. Das heißt, zu dem, was einmal eine Tür gewesen war. Mühsam kämpfte er sich durch Äste und Zweige des umgestürzten Baumes. Als Sebastian dann einen Blick in den vorderen Teil des Wagens werfen konnte, bot sich ihm ein Anblick, den er so schnell nicht vergessen würde.

Genau dort wo Fahrer und Beifahrer saßen, oder sitzen sollten, war das Auto regelrecht zusammengedrückt worden. Außer Blut und Baumstamm sah Sebastian nur noch zwei Beine. Er begann am ganzen Körper zu zittern und konnte einen Brechreiz gerade noch unterdrücken. Hier war niemanden mehr helfen. Der Tod hatte auf grausame Weise zugeschlagen.

Der Blick von Sebastian fiel auf den hinteren Teil des Autos. Die hintere Tür auf der Beifahrerseite stand zur Hälfte auf. War da vielleicht noch jemand im Auto? Sebastian konnte es von da wo er stand, nicht sehen. So schnell wie es die vielen Äste, der Sturm und seine Behinderung zuließen, lief er um das Auto herum. Nachdem Sebastian dann einen Blick in das Innere des Wagens werfen konnte, musste er mehr als einmal hinsehen, bevor er mit großem Entsetzen erkannte wer da blutend und eingeklemmt auf der Rückbank des Autos saß: Anika, *seine* Anika!

Sebastian überlegte nicht lange. Er wollte die Autotür weiter öffnen, doch die war verbogen und er brauchte all seine Kraft, um sie ganz weit aufzubekommen. Nun konnte der Junge einen richtigen Blick in das Innere des Wagens werfen. Anika saß dort zusammengesunken auf der Rückbank. Der Körper wurde aber noch von dem Sicherheitsgurt gehalten. Dort wo sie bis vor wenigen Minuten noch gesessen hatte, war das Dach des Autos von einem Ast eingedrückt worden, der zum Teil auf den Kopfstützen der Rückbank und zum Teil auf der Abdeckung des Kofferraums zu liegen kam. Der Kopf und Oberkörper von Anika waren blutverschmiert. Auch ihr Gesicht wies tiefe Schnittwunden auf. Ihre schönen langen Haare klebten an vielen Stellen durch Blut zusammen. Wobei momentan niemand sagen konnte, wieviel Blut von Anika war und wieviel leider von ihren erschlagenen Eltern.

Das Handy lag neben ihr und im rechten Ohr war noch der Kopfhörer. Der linke baumelte vor ihrer Brust. Das Mädchen atmete flach und kaum erkennbar. Anika hatte riesiges Glück gehabt. Hinter ihr der etwas dünnere Ast, vor ihren Augen, die glücklicherweise geschlossen waren und das Furchtbare nicht erkennen konnten, der Stamm der umgestürzten Buche. Die hatte in diesem Bereich nur einen weiteren Ast – den auf der Ablage hinter ihr. Sebastian starrte voller Panik auf das Mädchen, mit der er seit zwei Jahren die Schulbank teilte. „Anika, Anika! Kannst Du mich hören? Was ist los mit Dir?"

Dem Jungen war sich nicht bewusst, dass er diese Worte mit aller Kraft hinausgeschrien hatte. Das war in dieser Situation aber genau richtig. Doch bekam Sebastian keine Antwort. „Anika, antworte doch!" Er griff mit einer Hand an die ihm zugewandte rechte Schulter. Keine Reaktion!

Die ganze Zeit vermied es Sebastian seinen Blick im inneren des Autos schweifen zu lassen, denn überall war Blut zu sehen. Nicht nur Anikas Blut! Als das Mädchen nicht auf ihn reagierte, kam der Junge endlich auf die richtige Idee. Hilfe musste her! Sein Blick fiel auf Anikas Handy, das neben ihr auf der Rückbank lag. Sebastian hatte kein eigenes und er wollte gerade danach greifen, als sein Blick durch Zufall auf den Teil des Autos fiel, das einmal die Motorhaube gewesen war. Was er dort sah, ließ ihn vor Angst fast erstarren – es fing da vorne an zu qualmen! *„Nein, nicht das auch noch!"* sagte er zu sich selbst. Sebastian nahm das Handy, zog den Kopfhörer heraus und steckte es in seine Hosentasche. Für ihn war es jetzt wichtiger Anika aus dem Auto zu befreien, als mit dem Handy Hilfe zu rufen.

Als erstes musste Sebastian den Sicherheitsgurt lösen. Er beugte sich noch mehr ins Auto hinein und betätigte den roten Auslöser des Gurtes. Es ertönte dieses leicht schabende Geräusch, das man normalerweise hörte, wenn der Gurt sich löste, aber nichts geschah. Sebastian konnte den Gurt nicht herausziehen!

Er versuchte es immer wieder, doch es rührte sich nichts. Sebastian konnte aber auch nicht so zupacken wie er wollte, denn er musste schließlich auf Anika Rücksicht nehmen. In seiner Verzweiflung versuchte er diesen Gurt, auch wenn er noch im Gurtschloss feststeckte, ihn irgendwie über Anika hinüberzuziehen. Aber auch das war vergeblich, der Gurt saß so stramm, dass er sich nicht einen Zentimeter bewegte. Auf Sebastians Stirn bildete sich Schweiß. Vor Anstrengung aber auch vor Angst, denn ein Blick nach vorne zeigte dem Jungen, dass der Qualm in kürzester Zeit viel stärker geworden war. Zu allem Übel wurde der durch den starken Wind direkt in das Wageninnere zu den beiden geweht.

Sebastian warf einen Blick nach oben in den sehr dunkel werdenden Himmel. Die schwarze Regenwand kam langsam aber sicher näher, außerdem sah er in der Ferne auch Blitze Richtung Erde fahren. Was er nicht wissen konnte: unter dem Auto näherte sich der Tod in Form von langsam auslaufendem Benzin! Der Junge musste handeln, und zwar schnell!

Sebastian bekam von Anika einen extra Ansporn, um sich zu beeilen. Das Mädchen hatte nämlich ein seltsames Geräusch von sich gegeben. Ein Geräusch, das einem letzten, verzweifelten Röcheln nahekam. Dieses Geräusch ging Sebastian durch Mark und Bein. Es spornte ihn noch einmal an, alle Kraft auf diesen blöden Sicherheitsgurt zu konzentrieren. Dazu kam aber auch noch das lauter anschwellende drohende Donnergrollen des Gewitters.

Sebastian versuchte weiter den Gurt zu lösen, was aber nicht gelang. Es dauerte nicht lange bis Anika wieder so ein Geräusch von sich gab. Erschrocken sah der Junge zu ihr auf – und bemerkte im gleichen Augenblick, dass sich der

Qualm in Feuer verwandelt hatte. Das Auto konnte jederzeit explodieren und zu einem grausamen Grab für die beiden Jugendlichen werden! „Nun gibt doch endlich den Gurt frei, du verdammtes Schloss!" schrie Sebastian dann seine Verzweiflung heraus. Seine Anika im Stich zu lassen und sich selbst in Sicherheit zu bringen — daran verschwendete er keinen Gedanken!

Voller Wut schlug er mehrmals mit aller Kraft und geballter Faust auf das Gurtschloss ein und bei seinem letzten Schlag löste sich der Gurt aus seiner Arretierung!

Vor Erleichterung atmete Sebastian einmal tief durch, fasste Anika mit beiden Händen an deren Oberarme und wollte sie aus dem Auto ziehen. Doch er schaffte es nicht sofort. Das Mädchen wurde nicht mehr durch den Sicherheitsgurt gehalten und war dadurch leider noch stärker in sich zusammengesackt.

Anika war bewusstlos und das machte ihren Körper steif und schwer. Dazu kam, dass Sebastian sie ganz vorsichtig, fast zärtlich, angefasst hatte. Ein Blick nach vorne auf die größer werdenden Flammen zeigte ihm deutlich, dass er jetzt wirklich keine Rücksicht mehr nehmen durfte. Sie schwebten beide in Lebensgefahr!

Sebastian fasste nun mit viel Mühe und ohne Rücksicht auf ihre Verletzungen unter ihren Axeln durch und verschränkte seine Arme vor ihrer Brust. Der Junge brauchte aber trotzdem drei

Versuche bis er Anika komplett aus dem Auto herausbekam.

Als Sebastian das Mädchen endlich aus dem Auto befreit hatte, verließen ihn die Kräfte. Er stürzte der Länge nach auf den Rücken, ließ aber Anika nicht los, sodass diese auf ihm zu liegen kam. Dabei begann jede einzelne Wunde des Mädchens noch stärker an zu bluten. Dadurch sah dann auch Sebastian aus, als wäre er schwer verletzt.

Ein Blick auf das von dem Wind immer stärker angefachte Feuer, verriet ihm, dass er und Anika immer noch in großer Gefahr schwebte. Die beiden lagen nur zwei Schritte von einem Auto entfernt, das zu explodieren drohte!

Das verlieh Sebastian wieder neue Kräfte. Mit viel Mühe und ganz laut sein krankes Bein verfluchend, schaffte er es doch, sich zu erheben, ohne dabei das Mädchen loszulassen. So schnell Sebastian konnte, zog er Anika auf die Straße in Richtung Stadt.

Der Sturm behinderte ihn dabei sehr. Die beiden waren ungefähr fünfzehn Meter vom mittlerweile fast komplett in Flammen stehenden Auto entfernt, als dieses mit einem Knall explodierte, welcher sogar das Heulen und Getöse des Sturms übertönte.

Vor Schreck und vor Erschöpfung stürzte Sebastian mit Anika in den Armen zum zweiten Mal, aber diesmal blieb er mit ihr liegen. Genauer gesagt auf ihr, denn instinktiv hatte der Junge sich schützend über sie gelegt.

Der Sturm hatte zum Glück für die beiden gedreht und hielt dadurch Rauch und sonstige kleine Partikel von den beiden fern. Das bedeutete aber nicht, dass die zwei keiner Gefahr ausgesetzt waren.

Fünfzehn Meter waren für eine starke Explosion keine Entfernung. Metallteile und Holz flogen auch in Richtung der zwei Jugendlichen. Glücklicherweise ohne einen der beiden zu verletzen.

Als nach einer gefühlten Ewigkeit keine Explosion mehr zu hören war, wagte es Sebastian den Kopf zu heben und ängstlich nach hinten zu blicken. Er sah auf etwas, dass einmal ein Auto gewesen war und jetzt bis zum Wrack ausbrannte, zusätzlich noch extra befeuert durch das Holz der Buche. Sebastian erhob sich etwas und kniete sich neben Anika hin. Ihn überkam tiefes Mitleid für dieses Mädchen als er sie ansah.

„Deine Ohnmacht ist momentan das Beste, was dir passieren konnte! Dann musstest du wenigstens nicht miterleben, dass deine Eltern erst von einem Baum erschlagen wurden und danach auch noch verbrannten. Wenn du dann später die Wahrheit erfährst, wird es noch schlimm genug für dich!" Voller Mitgefühl sprach Sebastian zu *seiner* Anika. Worte, die das Mädchen natürlich nicht hören konnte.

Jetzt wurde es aber Zeit, sich darum zu kümmern, dass Hilfe kam. Zumal das Gewitter die beiden fast erreicht hatte und die ersten Regentropfen aus den dunklen Wolken fielen.

Sebastian sah, dass die Wunden von Anika immer noch am Bluten waren. Der Junge machte nun das, was er erst vor Kurzem während eines Lehrgangs in der Schule gelernt hatte: er brachte Anika in die stabile Seitenlage! Auch wenn er, oder gerade, weil er keine Möglichkeit sah, das Mädchen zu verbinden.

Sebastian griff in seine Hosentasche und nahm Anikas Handy heraus. Er atmete tief durch als er feststellte, dass es noch an war und offensichtlich funktionierte. Der Junge wählte die 112.

„Feuerwache Familienstadt. Sie haben den Notruf gewählt. Wie können wir Ihnen helfen?" Die männliche Stimme des Disponenten am anderen Ende der Leitung klang sehr ruhig und sachlich.

„Ich bin Sebastian Hagebaum," der Junge sprach extra laut ins Handy, um das Getöse des Sturmes und des Gewitters zu übertönen. „Hier ist etwas Schreckliches passiert. Ein Baum ist umgestürzt und fiel auf ein vorbeifahrendes Auto. Das begann zu brennen und ist auch noch explodiert. Ich konnte gerade noch Anika aus dem Wagen herausholen."

„Sebastian, wie alt bist du und vor allem wo bist du?" Der Mann von der Feuerwehr brauchte möglichst viele Informationen.

„Ich bin fünfzehn und befinde mich auf der Papenberger Landstraße und bin ungefähr einen Kilometer vor dem Ortseingang."

„War in dem Auto noch jemand? Ist diese Anika verletzt und wie geht es dir?" Der Disponent hatte schon den Knopf gedrückt und Alarm ausgelöst, doch wie groß dieser Einsatz für seine Kollegen und Kolleginnen werden sollte, konnte er noch nicht ahnen.

„Mir geht es gut, aber Anika ist verletzt. Sie blutet am Rücken, am Kopf und im Gesicht. Ich habe sie jetzt in die stabile Seitenlage gelegt. In dem Auto waren noch ihre Eltern. Sie sind tot!"

„Bleib wo Du bist und lass dein Handy an! Hilfe ist unterwegs! Pass auf Anika auf und sage mir sofort Bescheid, wenn sich etwas bei ihr ändert! Aber nun erzähl mir von dir und wenn du kannst auch etwas von Anika."

Der Disponent wollte auf jeden Fall erreichen, dass Sebastian nicht in Panik geriet, was ihm auch sehr gut gelang. Nur vier Minuten später waren auch die Einsatzkräfte am Unfallort.

Als erstes trafen die Rettungswagen ein, direkt gefolgt vom Wagen mit dem Notarzt. Nur eine Minute später kamen gleich vier Fahrzeuge der Feuerwehr und zwei von der Polizei. Danach ging alles ganz schnell. Rettungssanitäter und Notarzt liefen zu Sebastian und Anika und kümmerten sich um die beiden, das heißt in erster Linie natürlich um das Mädchen. Die Männer und Frauen der

Feuerwehr rollten sofort zwei ihrer mittleren B-Schläuche aus und schlossen diese an den mitgekommenen Tankwagen an. Damit gingen sie sofort gegen den immer noch brennenden Wagen vor. Die Polizisten riegelten die Straße vor und hinter der Unfallstelle ab. Gewitter, Sturm und Regen machten den Einsatz nicht leichter.

Brandmeister Möller hatte jetzt schon alle Hände voll zu tun, den Einsatz seiner Leute zu koordinieren. Eine Feuerwehrfrau nahm Sebastian mit in den Rettungswagen und legte ihm gleich mehrere trockene Decken um. Draußen versuchten andere Kollegen mehr schlecht als recht Arzt, Sanitäter und natürlich die schwer verletzte Anika mit ihren aufgespannten Planen vor dem Unwetter zu schützen. Die Löscharbeiten waren schnell beendet, zumal der Regen die Feuerwehr ungewollt sehr unterstützte. Doch das Schlimmste kam erst noch. Auch Feuer und Explosion hatten weder das Auto noch den Baumstamm vollkommen zerstört. Inzwischen war auch der Leichenwagen des Bestattungsinstituts „Ruhe Sanft" vor Ort eingetroffen. Der Disponent von der Feuerwache hatte den Wagen bestellt, weil er von Sebastian die Information hatte, dass in dem Wagen auch noch Anikas Eltern saßen.

Brandmeister Möller packte nun auch persönlich mit an, als seine Leute damit begannen, ganz vorsichtig die immer noch vorhandenen Reste des Baumes und von dem was einmal ein

Autodach gewesen war, zu entfernen. Natürlich wussten alle, dass in dem vorderen Bereich des Wagens auch noch zwei Personen zu finden sein mussten. Das verformte und zu einem großen Wirrwarr zusammengeschmolzene Blech von Dach und Türen musste schon mit einem extrem starken Werkzeug von der Feuerwehr Stück für Stück vorsichtig auseinandergeschnitten werden.

Das Unwetter tobte jetzt mit voller Wucht und verlangte den Helfern alles ab. Selten fanden die Feuerwehrleute solche besonderen Bedingungen vor. Doch es sollte sogar noch schlimmer kommen. Was da im Auto jetzt zum Vorschein kam, hatte bisher noch keiner von den Helferinnen und Helfern gesehen.

Die Befürchtungen wohl aller wurden hier leider ohne Probleme übertroffen. Das was einmal die Körper von Marie und Sören Strelemann gewesen waren, konnte man kaum noch als solche bezeichnen. Der umgestürzte Baum war ja direkt auf den Köpfen der beiden gelandet, hatte diese einfach zerquetscht und weiter in Richtung Hals geschoben. Das Feuer hatte ein Übriges getan und beide Körper in eine schwarze formlose Masse verwandelt!

Diesen Anblick konnten zwei Helfer der Feuerwehr und auch ein Polizist, der die ganze Zeit die Arbeiten beobachtet hatte, nicht ertragen, sie mussten sich laut und heftig übergeben. Inzwischen war auch der zweite Wagen vom

Institut „Ruhe Sanft" eingetroffen. Die Leute von Brandmeister Möller bargen nun langsam und vorsichtig, aber auch mit einer gehörigen Portion Widerwillen, die sterblichen Überreste des Ehepaars Strelemann. Die beiden Skelette mit den verbrannten Knochen und Fleischresten daran, man musste es einfach so grausam bezeichnen, denn etwas anderes war es nicht mehr, wurden getrennt in zwei schwarze Folien verpackt. Die vier Männer vom Bestattungsinstitut „Ruhe Sanft" legten die beiden Verstorbenen vorsichtig in ihre Kunststoffsärge und trugen diese dann vorsichtig zu den Leichenwagen. Danach wurden die zwei Särge sofort in die Rechtsmedizin transportiert, denn die Identität der beiden Toten musste noch mit absoluter Sicherheit festgestellt werden.

Sebastian war in dem RTW von einem Sanitäter untersucht worden, doch die blutdurchtränkten Stellen an seiner nassen Kleidung kamen aber alle von Anikas Verletzungen und es fehlte ihm wirklich nichts. Das war entscheidend für die Polizei, denn sofort kam ein Beamter zu ihm. Der Mann stellte sich vor.

„Hallo Sebastian, mein Name ist Brinkmann, Polizeihauptmeister und ich bin gekommen, weil wir noch ein paar Fragen an dich haben. Ist das in Ordnung?"

Sebastian sah den Polizisten an, als hätte der nicht mehr alle Tassen im Schrank. „Natürlich, ich bin doch kein kleines Kind mehr!"

Der Polizeihauptmeister musste trotz der allgemein traurigen Situation schmunzeln. „Super! Nennst du mir noch einmal deinen kompletten Namen und deine Adresse? Wir müssen jetzt so schnell wie möglich deine sicher besorgten Eltern benachrichtigen."

„Ich habe keine Eltern mehr und lebe hier in Familienstadt im Kloster bei den Nonnen vom Orden der barmherzigen Schwestern von Jesu Himmelfahrt."

Herr Brinkmann sah ihn überrascht an. „Oh, das tut mir leid! Doch auch dort muss man wissen wo du bleibst, denn du bist noch nicht volljährig." „Das ist aber kein Problem, denn die Nonnen wissen doch, dass ich mir auf dem Hof von Herrn Arno Henrich mein Taschengeld verdiene. Mein Mofa liegt auch da vorne und ich bin in zehn Minuten zu Hause."

„Gut," meinte der Polizist einlenkend. „Doch bei diesem Wetter ist es mit Sicherheit besser, wenn dich jemand nach Hause bringt. Nun aber noch einmal zu dem Unfall. Erzähle mir bitte genau was du gesehen und gemacht hast."

Der Junge kam der Aufforderung nach und berichtete noch einmal was er erlebt hatte. Nachdem Sebastian fertig war, fragte der Polizeihauptmeister noch einmal nach.

„Bist du dir auch ganz sicher, dass dieses ausgebrannte Wrack das Auto der Strelemanns war?" „Ganz sicher! Ich kenne beide Autos von der

Familie und das Nummernschild passte auch. Ich kann nämlich von meinem Zimmer auf das Haus der Strelemanns sehen."

„Du gehst doch mit Anika in dieselbe Klasse. Weißt du ob sie noch Geschwister hat oder andere Verwandte?"

Sebastian überlegte kurz. „Ich weiß von einer Oma die etwas weiter weg wohnt und dann ist da natürlich auch noch Sahra, die Schwester von Anikas Mutter. Ich habe sie einmal zufällig kennen gelernt. Sie ist nicht verheiratet, heißt auch Strelemann. Sahra wohnt hier in Familienstadt und vielleicht kennen Sie sie ja, denn Frau Strelemann ist Oberkommissarin bei der Polizei."

„Ach du Schande, auch noch eine Kollegin", dachte Herr Brinkmann. „Ich danke dir für deine Mithilfe und du kannst verdammt stolz darauf sein, dass du Anika das Leben gerettet hast! Du wirst jetzt von den Sanitätern nach Hause gebracht und die Kollegen von der Feuerwehr bringen dein Mofa hinterher. Bleib einfach hier sitzen."

„Was ist mit Anika? Wie geht es ihr?" wollte Sebastian wissen. „Die ist schon auf dem Weg ins Krankenhaus. Sie hat schwere Verletzungen erlitten und muss sofort operiert werden. Der Arzt meint, das wird schon wieder", erwiderte der Polizist. Der letzte Teil der Antwort waren erfundene und tröstende Worte. Dass der Junge in den nächsten Tagen außerdem noch Besuch von einer Kinder- und Jugendpsychologin bekommen würde, erwähnte Herr Brinkman absichtlich nicht.

„Können Sie mir einen Gefallen tun?" wollte Sebastian wissen. Der Polizist sah den Jungen prüfend an. „Heraus mit der Sprache, was kann ich für dich tun?" ermunterte Herr Brinkman ihn. „Wenn Sie oder Ihre Kollegen den Bericht für die Presse schreiben, können Sie bitte meinen Namen weglassen? Es muss nicht jeder wissen, dass ich heute hier war!"

„Aber ja, wenn du das möchtest, werden wir niemanden deinen Namen nennen! Nur in unserem Protokoll lässt sich das nicht vermeiden," versprach der Polizist. „Ich wünsche dir alles Gute", sagte er dann noch und verabschiedete sich per Handschlag von dem Jungen.

Am nächsten Tag in den frühen 8:00 Uhr Nachrichten des bekannten lokalen Radiosenders „Radio Familienstadt" war dann vom Nachrichtensprecher Heiko Weissberger unter anderem folgendes zu hören: „Durch das schwere Unwetter, welches uns gestern heimsuchte, sind nicht nur sehr große Sachschäden entstanden, sondern wir haben acht Verletzte und leider auch zwei Todesopfer zu beklagen."

Um 11:00 Uhr in den Nachrichten des gleichen Senders: „Guten Morgen liebe Hörerinnen und Hörer. Es ist jetzt 11:00 Uhr und Zeit für die neuesten und aktuellsten Nachrichten von ihrem Lokalsender. Mein Name ist Heiko Weissberger. Wir schalten sofort und live zu unserer Kollegin Heike Sommer, die vorhin zu einer anberaumten Pressekonferenz ins Polizeipräsidium geeilt ist."

Wenige Sekunden Stille im Sender. „Guten Morgen Heiko, guten Morgen liebe Hörerinnen und Hörer von unserem Radio Familienstadt. Ich befinde mich hier im Polizeipräsidium und jeden Moment beginnt hier die Pressekonferenz mit dem gerade genesenen Polizeidirektor und unserem Bürgermeister. Was jetzt hier und heute bekannt gegeben werden soll, ist für alle hier anwesenden Reporterinnen und Reporter ein Rätsel und lässt sehr viel Spielraum für Spekulationen."

Die Stimme von Heike wurde auf einmal ganz leise. „Gerade betreten der Polizeichef Peter Krone und unser Bürgermeister Hans Kleinschmidt den

Raum und begeben sich mit schnellen Schritten zu ihren Plätzen. Hören wir, was sie zu sagen haben." "Guten Morgen meine Damen und Herren," eröffnete der Polizeidirektor die Konferenz.

„Ich begrüße sie auch im Namen von Herrn Kleinschmidt. Wir haben sie heute Morgen zu dieser Pressekonferenz eingeladen, um sie alle als Vertreter der hiesigen verschiedenen Medien über etwas zu informieren, was bereits gestern am späten Abend geschah. Etwas, dass sowohl heute und als auch morgen garantiert durch alle Medien gehen wird. Am gestrigen Abend drang unser SEK in ein schon seit langem leerstehendes Gebäude im Industriegebiet Nord ein. Die Zugänge zu den Räumen im Erdgeschoss und auch der ersten Etage wurden alle von dicken Stahltüren versperrt. Diese wurden dann ohne Probleme aufgesprengt. Dahinter kamen zwei weitere Räume zum Vorschein. In dem ersten haben die Einsatzkräfte dann auch mehr als dreißig verschiedene Waffen mit einer großen Anzahl von dazugehöriger Munition sichergestellt. Doch das war noch nicht alles."

Der Polizeidirektor hielt einen Moment inne, sah einmal in die Runde und war sich der vollen Aufmerksamkeit aller sicher, bevor er seinen Bericht fortsetzte. „Im größeren zweiten Raum fanden die Männer vom SEK Heroin und auch Kokain im geschätzten Straßenverkaufswert von 5000 000 Euro! Die Ermittlungen laufen nun natürlich auf Hochtouren. Wir sind zu Recht stolz darauf, dass es uns endlich möglich war diesen außergewöhnlichen Schlag gegen das organisierte Verbrechen zu führen. Nun gebe ich das Wort an den Bürgermeister weiter und im Anschluss daran stehen wir für etwaige Fragen zur Verfügung!"

„Das ist der Moment, wo wir uns aus dieser Pressekonferenz ausblenden", war jetzt die leise Stimme von Heike Sommer zu hören. „Ich gebe zurück zu dir ins Studio, Heiko."

„Vielen Dank an Heike Sommer, für die Eindrücke aus dem Polizeipräsidium. Ich sage es einfach mal frei heraus: diese Meldung ist für mich der Hammer! Das so etwas hier in unserem schönen Familienstadt überhaupt möglich ist, hätte ich niemals gedacht! Nun aber weiter zu den anderen wichtigen Nachrichten des Morgens…"

Im Polizeipräsidium gingen die Herren Krone und Kleinschmidt nach dieser absolut denkwürdigen Pressekonferenz in das Büro des Polizeidirektors. Vor allem Herr Krone war durchgeschwitzt und scheinbar auch noch extrem schlecht gelaunt. Diese ungewöhnliche Pressekonferenz und dann die vielen Fragen aller Reporter hatten seine Nerven auf das höchste strapaziert!

Der Polizeichef betrat mit Wut im Bauch nach dem Bürgermeister das Büro und schlug die Tür mit einem lauten Knall hinter sich zu. „Diese Pressefritzen können einem schon gehörig auf die Nerven gehen," schimpfte Herr Krone laut.

„Wem sagst du das," bekam er von Herrn Kleinschmidt zu hören. „Jetzt weißt du mal, wie es mir ständig geht! Ich habe schließlich viel öfter mit diesen Geiern zu tun! Dabei muss man ständig aufpassen auch die richtigen Worte zu wählen und nichts Falsches zu sagen. Ab und zu kannst du sie aber auch für deine eigenen Zwecke einspannen – wenn du es schlau genug anfängst!"

Nach diesem kurzen Meinungsaustausch über die Presse, kamen die zwei wieder auf das aktuelle Tagesgeschehen zu sprechen. Der Bürgermeister wollte scheinbar noch genauer informiert werden. „Also Peter, nun aber raus mit der Sprache. Was ist denn dabei schiefgelaufen, trotz des großen Erfolges? Aus dem was dein Stellvertreter mir erzählt hat, bin ich nicht schlau geworden."

Der Polizeipräsident holte tief Luft. „Es war

natürlich ein sehr großer Erfolg. Doch etwas ganz Entscheidendes, wichtiges fehlt: wir haben keinen der Hintermänner fassen können, weil ein gewisser Herr Steinbach, seines Zeichens Kommissar hier im Präsidium, gepennt hat! Ich könnte den Kerl von hier bis Berlin in den Arsch treten!"

Herr Krone griff in das unterste Fach seines Schreibtisches und holte dort eine Flasche Cognac inclusive zwei Gläser heraus. Er goss dann in jeden dieser Cognacschwenker eine großzügige Menge der goldbraunen Flüssigkeit und hielt dann dem Bürgermeister eines der Gläser hin, welches dieser auch dankend annahm. Danach wurde Herr Kleinschmidt noch neugieriger und fragte: „Was ist los? Was hat der Steinbach gemacht – oder was hat er nicht gemacht?"

Der Polizeichef war scheinbar immer noch stinksauer. „Du weißt, dass heute leider erst mein zweiter Arbeitstag ist nachdem ich sieben Wochen krank war. Auf die Aktion von gestern hatte ich aber keinen Einfluss mehr und ich habe mir die ganze Nacht um die Ohren geschlagen, um mich durch die vielen Unterlagen zu kämpfen, damit ich heute so gut wie möglich darüber informiert bin. Trotzdem haben diese Informationen bei der Pressekonferenz schließlich kaum gereicht."

Herr Krone begann in seinem Büro hin und her zu wandern. „Auf der einen Seite sind wir durch Steinbach, bzw. durch seinen Informanten, zu diesem Gebäude geführt worden. Andererseits hat er uns durch seine Falschinformationen um den größten Erfolg der letzten Jahre gebracht!"

Der Polizeichef nahm einen großen Schluck aus seinem Glas bevor er weitersprach. „Stell dir vor, wir hätten aber zum richtigen Zeitpunkt zuschlagen können. Die Drogenszene hätte sich von diesem Schlag nicht wieder erholen können! Die Anlieferung, die Übergabe der Drogen, die Geldübergabe, das Treffen der Bosse. All dieses wäre uns auf silbernen Tablett serviert worden."

Einen Augenblick war es still im Büro. „Wer hatte die Leitung und wer war an den Planungen beteiligt?" wollte Bürgermeister Kleinschmidt wissen. „Die Leitung der Soko und Planung der Aktion lag dabei in den Händen von Kommissar Steinbach, da nur er den Kontakt zum Informanten hat und ihn kennt. Trotzdem hätte ich den jungen und relativ unerfahrenen Kommissar niemals mit diesem verantwortungsvollen Posten des Leiters der neuen Soko betraut. Aber mein Stellvertreter, der gute Mann hat sich übrigens heute Morgen krankgemeldet, ist der Onkel von Steinbach!"

Der Polizeidirektor hielt inne und ließ seine Worte auf den Bürgermeister wirken. Dessen Kommentar ließ auch nicht lange auf sich warten.

„Auf gut Deutsch: Vetternwirtschaft! Die beiden müssen dafür Rede und Antwort stehen! Wen hättest du denn die Leitung der Soko übertragen und wie soll es jetzt weiter gehen?" Herr Krone sah missbilligend auf sein mittlerweile leeres Glas. „Für mich ist Sahra Strelemann allererste Wahl. Sie ist schon seit einigen Jahren hier im Drogendezernat mit außerordentlichem großem Erfolg tätig und ist Oberkommissarin. Frau Strelemann hat jede Menge Erfahrung und ganz besondere Fähigkeiten. Ich werde sie aber noch heute zur Leiterin der Soko ernennen, denn es wird jetzt natürlich noch schwerer an diese Hintermänner zu kommen."

Der Polizeidirektor schaute den Herrn Kleinschmidt prüfend an. „Was ich dir jetzt sage, muss unbedingt unter uns bleiben, auch deine engsten Mitarbeiter dürfen davon nichts erfahren!"

Herr Kleinschmidt sah ihn erstaunt an. „Du weißt doch genau, dass alles was wir hier im Büro besprechen, immer unter uns bleibt! Aber was gibt es denn so geheimnisvolles?"

Die Stimme von Herrn Krone wurde nun leiser während er darauf antwortete, so als befürchtete er, dass ihnen hier jemand zuhören würde.

„Wir tappen in diesem Fall völlig im Dunkeln. Die Drogenszene in Familienstadt und Umgebung wurde jahrelang von dem Clan der McGradys bestimmt. Eines Tages wurde der Markt ständig mit Drogen zu Dumpingpreisen überschwemmt. Aber es dauerte dann nicht lange, bis die McGrady Brüder und ihre Leute spurlos verschwanden und dann nie wieder irgendwo auftauchten. Nicht nur ich, sondern auch die Leute vom LKA sind davon überzeugt, dass sie mittlerweile die berühmten

Radieschen von unten ansehen. Zu dieser Zeit wussten wir, mit wem wir es zu tun hatten und konnten dem Clan Paroli bieten."

Der Polizeidirektor holte nun tief Luft und sah richtig traurig aus. „Die gefundenen Waffen bestätigen meine Meinung, dass es nicht nur um die hiesige Drogenszene geht, sondern auch um Waffenhandel, Schutzgeld, oder Erpressung und Prostitution. Kontrolliert wird alles von einem Trio, das wir hier alle als Dreigestirn bezeichnen. Das Schlimme ist: wir haben keine Ahnung wer sich dahinter verbirgt! Selbst diesen Namen haben wir auch erst von Kommissar Steinbachs Informanten erfahren. Darum wäre es so wichtig gewesen, wenn wir auch bei der Anlieferung der Drogen und Waffen hätten zuschlagen können!"

Der Polizeichef hielt inne und goss sich noch etwas Cognac in sein leeres Glas. Er hielt dem Bürgermeister auch die Flasche hin, aber der schüttelte nur verneinend den Kopf. Herr Krone fuhr fort mit seinem Bericht. Dabei sah man ihm deutlich an, dass er froh war, sich seinen Kummer von der Seele reden zu können.

„Es lief nicht aber nur einiges schief. Was da teilweise abging, ist mir immer noch ein Rätsel. Kommissar Steinbach als Leiter der Soko war dabei nicht vor Ort – völlig unverständlich! Er hat doch wirklich erst fünfzehn Minuten vor dem geplanten Zugriff seinem Onkel, also meinem Stellvertreter, per Whats App geschrieben, er soll den Einsatz abbrechen, denn das SEK wäre zur falschen Zeit vor Ort! Auch das wieder völlig unverständlich! Die Nachricht wurde aber dem Einsatzleiter vor Ort nicht übermittelt! Darum erfolgte der Zugriff leider auch wie geplant. Mein Stellvertreter hätte diesen Einsatz trotzdem noch absagen können, um dann eine langfristige Observation rund um die Uhr anzuordnen. Auch das ist nicht geschehen. Warum nicht? Beide Steinbachs haben mir einiges zu erklären!"

Der Polizeidirektor hatte sich richtig in Rage geredet und war zum Schluss auch immer lauter geworden. Der Bürgermeister wollte ihm aber zustimmen und versuchte ganz vorsichtig ihn zu beruhigen.

„Du hast ja recht, aber nun komm doch erst mal runter und beruhige dich. Spar dir lieber deine lauten Worte und deine Energie für die Lösung des Problems und für die Steinbachs."

Herr Krone bekam einen roten Kopf. „Oh, entschuldige bitte! Ich wollte dir gegenüber nicht ausfallend werden! Ich habe mich da wohl wirklich zu sehr hineingesteigert."

Der Bürgermeister lachte kurz auf und meinte nur: „Ist schon gut. Ich weiß doch, wie sehr du in deiner Arbeit aufgehst. Deswegen bist du genau der Richtige auf dieser Position! So, ich habe nun eine Verabredung zum Mittagessen und danach noch einen Termin. Manchmal ist es doch schon von Vorteil, wenn man ein hohes Amt bekleidet.

Ich werde darum so oft zum Essen eingeladen, dass ich doch glatt auf meine Figur achten muss!" Mit einem breiten Grinsen im Gesicht und einem Augenzwinkern verabschiedete sich nun Herr Kleinschmidt vom Polizeidirektor.

Dieser ließ sich in den schweren und sehr gut gepolsterten großen Sessel hinter seinen Schreibtisch fallen. Ihm stand der Sinn nicht nach essen. Im Gegenteil, sein in harten und vielen Dienstjahren geschulter Polizeiinstinkt bereitete ihm heute regelrecht Magenschmerzen. Dem Polizeidirektor gingen aber nun schwerwiegende Gedanken durch den Kopf.

„Du kannst gut reden, mein lieber Herr Bürgermeister. Machst die Tür hinter dir zu und hakst die ganze Sache erst einmal ab. Ich kann mir jetzt den Kopf zerbrechen wie es weitergeht, damit die Angelegenheit doch noch zu einem Erfolg wird. Wobei die meisten Leute sich garantiert von diesen sichergestellten Waffen und den Drogen blenden lassen werden. Also, ich muss ruhig bleiben und jetzt einen Schritt nach dem anderen machen. Als erstes werde ich Frau Strelemann mit der Leitung der Soko beauftragen. Danach muss der Kommissar hier strammstehen und anschließend werde ich meinem „kranken" Stellvertreter einen Besuch bei ihm zu Hause abstatten!"

Herr Krone griff zum Telefon und rief seine Sekretärin im Vorzimmer an. „Hallo Frau

Dreimann! Ich möchte, dass Sie sofort Frau Strelemann anrufen und ihr sagen, dass sie sich unverzüglich persönlich bei mir melden soll, egal wann sie hier im Haus ist. Die Kollegin ist Oberkommissarin im Drogendezernat. Danach kontaktieren Sie Kommissar Steinbach und sagen ihm, dass ich ihn, sagen wir mal in sechzig Minuten, in meinem Büro erwarte! Danke!"

Der Polizeidirektor beendete dieses sehr einseitige Telefonat sofort, ohne dass Frau Dreimann auch nur ein Wort erwidern konnte. Nur zehn Minuten später klopfte es an der Bürotür. Noch bevor Herr Krone sein „herein" zu Ende gesprochen hatte, öffnete sich die Tür und Frau Dreimann betrat das Büro.

Seine Sekretärin war eine sehr attraktive und sportliche Frau von 37 Jahren. Sie hatte lange schwarze Haare und dabei eine Figur, um die sie garantiert auch noch von vielen jüngeren Frauen beneidet wurde. Wobei sie es aber stets schaffte ihre große Oberweite immer gut, aber nicht wirklich übertrieben in Szene zu setzen. Der Polizeidirektor sah seine Mitarbeiterin an, ohne ein Wort zu sagen. Er schätzte Frau Dreimann sehr, natürlich nicht nur wegen ihres Aussehens, aber besonders auch weil sie Kompetenz und Loyalität verkörperte.

„Schlechte Nachrichten Herr Krone", begann sie nun das Gespräch. Frau Dreimann war eine der ganz wenigen Personen, die den Polizeidirektor auch im Dienst mit seinem Nachnamen anreden durften.

„Frau Strelemann hat sich erst heute Morgen kurzfristig eine Woche Urlaub genommen. Sie haben sicher von dem tragischen Unfall gehört, bei dem ein großer Baum auf ein Auto stürzte, zwei Menschen tötete und einen anderen verletzte?" Der Polizeidirektor nickte nur. Die Sekretärin zögerte, bevor sie jetzt mehr erzählte. „Die beiden Verstorbenen waren leider die Schwester und der Schwager von Frau Strelemann. Die Verletzte ist ihre Nichte!"

Herr Krone rang um Fassung. „Ach du Schande, das ist ja entsetzlich!" gab er nach einer längeren Zeit des Schweigens von sich. „Da ist es ja verständlich, dass sie diese Woche Zeit für sich braucht – wenn die Woche überhaupt genug ist. Sollte sie sich melden, ganz egal ob telefonisch oder persönlich, möchte ich sie auf jeden Fall sprechen!" „Ich habe aber zusätzlich noch etwas ungewöhnliches", sprach Frau Dreimann langsam und zögerlich, so als hätte sie Angst vor der Reaktion ihres Direktors.

„Nun reden Sie schon, ich bin momentan an schlechte Nachrichten gewöhnt", forderte der Polizeidirektor sie etwas unwirsch auf.

„Der Kommissar Steinbach ist heute nicht zur Arbeit erschienen. Er hat sich aber keinen Urlaub genommen und sich bis jetzt auch nicht krankgemeldet. Ich habe sogar bei seinem Onkel, also Ihrem Stellvertreter angerufen, aber den erreiche ich gerade auch nicht."

„Diese Steinbachs! Alle beide in einen Sack und draufhauen…", der Polizeidirektor beendete den Satz nicht, sondern schüttelte nur den Kopf. „Suchen Sie mir jetzt sofort die Adresse des Kommissars heraus. Ich bin sowieso gleich außer Haus und ihn mit meinem Besuch überraschen!"

Die Sekretärin staunte aber jetzt nicht schlecht. Der Polizeichef wollte einem Kommissar, der nicht zur Arbeit erschienen war einen Besuch abstatten? Das hatte sie noch nie erlebt. *„Na, in der Haut von dem Steinbach möchte ich nicht stecken!"* dachte sie sich.

Sie ging zurück in ihr Vorzimmer, suchte die Adresse heraus, schrieb sie auf einen Zettel und reichte ihn an ihren Chef weiter. Der war gerade in ein Telefongespräch vertieft und Frau Dreimann verließ deswegen leise sein Büro. Als Herr Krone anschließend einen Blick auf die Adresse warf, musste er grinsen. *„Na, das passt ja",* dachte er. Beide Steinbachs wohnten in der Bachstraße. In der Hausnummer zweiundvierzig wohnte sein Stellvertreter, wie der Direktor von mehreren Besuchen wusste. Der Neffe in Nummer siebzehn!

Eine gute halbe Stunde später machte er sich auf den Weg. Über die Sprechanlage gab er Frau Dreimann Bescheid, dass er jetzt das Präsidium verlassen würde und nur noch über Handy zu erreichen war. Danach verließ der Polizeidirektor sein Büro durch die zweite Tür und ging zu seinem Dienstwagen. Ihm stand normalerweise ein Wagen mit Fahrer zu, aber er fuhr selbst.

Das Haus von seinem Stellvertreter war in fünfzehn Minuten erreicht. Ein schönes vom Eigentümer mit Liebe zum Detail kernsaniertes Einfamilienhaus mit großem Garten erwartete ihn. Hier lebte Herr Steinbach allein, seit seine Ehefrau vor zwei Jahren verstorben war. Die Ehe der beiden war kinderlos geblieben. Das große Tor zur Garagenauffahrt war leider verschlossen, darum stellte Herr Krone seinen Wagen am Straßenrand ab. Er stieg aus und wollte zur Haustür gehen, da hielt ihn eine männliche Stimme auf.

„Sieh doch mal einer an, da kommt ja der Polizeidirektor persönlich! Wollen Sie jetzt Ihren Stellvertreter zu dem großen Erfolg von gestern beglückwünschen?" Die Stimme gehörte zu Kurt Meier, der sich an den Zaun gelehnt hatte. Er war ein Nachbar von Herrn Steinbach.

Herr Krone kannte ihn flüchtig und antwortete darum freundlich. „Hallo Herr Meier! Ja, es gibt in der Tat noch einiges zu besprechen, was sich nicht aufschieben lässt."

„Dann versuchen Sie mal Ihr Glück! Nachdem er heute Morgen in der Begleitung von zwei mir unbekannten Männern das Haus verlassen hat, habe ich ihn nicht zurückkommen sehen."

„Ist er mit denen dann zu Fuß weggegangen, denn das Auto steht ja noch in seiner Garage?"

wollte der Polizeichef wissen. „Nein, er ist zu den zwei Männern in deren Auto gestiegen." Herr Meier kratzte sich nachdenklich am Hinterkopf „Wenn ich es mir jetzt richtig überlege, muss da aber noch jemand am Steuer gesessen haben, denn Herr Steinbach ist mit den zwei Männern zusammen hinten eingestiegen."

„Danke für die Information Herr Meier! Solch aufmerksame Nachbarn hat man nicht immer! Ich werde einfach mein Glück versuchen", antwortete Herr Krone und wollte dann zur Haustür gehen, um zu klingeln. Der Nachbar musste laut lachen.

„Ich glaube, da haben Sie sich aus Höflichkeit in der Wortwahl vergriffen. Sie wollten anstatt **aufmerksam** bestimmt **neugierig** sagen!" Der Polizeidirektor bekam einen roten Kopf. Das hatte er doch wirklich gedacht!

„Ich verstehe Sie schon", meinte Herr Meier. „Doch gehe ich fast jeden Morgen zwischen sieben und acht Uhr mit meinem Hund nach draußen. Nur darum habe ich zufällig gesehen wie mein Nachbar mit den Männern aus dem Haus kam."

„Alles klar! Danke nochmal", antwortete Herr Krone höflich, drehte sich um und ging jetzt wirklich zur Haustür und klingelte. Nach dem vierten Versuch gab er auf und ging zu seinem Auto zurück. Er setzte sich hinter das Lenkrad und ließ die Autotür extra laut zuknallen. Als der Polizeidirektor losfuhr war er sich sicher, dass Herr Meier ihm **zufällig** seine ganze Aufmerksamke t schenkte! *„Vielleicht ist mein Stellvertreter auch mittlerweile bei seinem Neffen. Dann kann ich gleich zwei Fliegen mit einer Klappe schlagen",* dachte sich Herr Krone.

Es dauerte auch nur eine Minute, dann stand Herr Krone schon vor dem Haus Nummer 17 in der Bachstraße. An die drei Männer von denen Herr Steinbach abgeholt worden war, dachte er schon nicht mehr. Das Haus war so gut wie neu und für vier Mietparteien gebaut. Gerade jetzt arbeitete eine Gartenbaufirma auf dem nicht sehr großen Außengelände. Dieses wurde mit verschiedenen Sträuchern und Blumen verschönert.

Der Polizeidirektor parkte sein Auto, stieg aus und ging zur Haustür. Auf der zweiten Klingel von unten war der Name von Stefan Steinbach zu lesen. Herr Krone klingelte mehrmals, aber die Tür öffnete sich nicht und die Sprechanlage blieb still.

„Verdammter Mist, das darf doch alles nicht wahr sein", schimpfte er vor sich hin. Frustriert und mit denkbar schlechter Laune, fuhr er dann zum Präsidium zurück.

Frau Dreimann hatte schon Feierabend als er sein Büro betrat. „Ich habe die ganze Zeit immer wieder versucht beide Steinbachs ans Telefon zu bekommen, aber leider immer vergeblich. Sonst keine besonderen Vorkommnisse."

Das stand auf einem Notizzettel, den ihm Frau Dreimann auf seinen Schreibtisch hinterlegt hatte. Der Polizeidirektor schüttelte den Kopf und ließ sich dann stöhnend in seinen Sessel fallen. Ihm war gerade eingefallen, dass Frau Strelemann für eine Woche – mindestens - nicht zur Verfügung stand. Er musste sich am besten selbst um die verwaiste Soko kümmern!

Herr Krone griff zum Hörer und rief bei der Leiterin der KTU an. Auch dort waren sämtliche verfügbaren Mitarbeiter/innen bereits den ganzen Tag damit beschäftigt, so schnell wie möglich alle sichergestellten Sachen genau zu untersuchen.

„Hallo Frau Bergmann! Wie weit sind Sie mit den Untersuchungen? Sagen Sie mir doch bitte, dass Ihre Leute wenigstens etwas gefunden haben! Jede Kleinigkeit hilft uns hier weiter, damit wir wenigstens etwas haben, was die Leute für ihre Ermittlungen brauchen."

„Da kann ich Ihnen aber leider nicht viel bieten, Herr Direktor. Diese Bande war unvorstellbar vorsichtig! So unglaublich es klingt, aber leider haben wir bis jetzt weder an den Verpackungen der Drogen noch an den Waffen oder den Kisten in denen diese lagen, Fingerabdrücke oder DNA gefunden! Nicht einmal an allen Türen und den restlichen Teilen aller drei Räume war etwas Verwertbares zu finden. Das habe ich während meiner ganzen Laufbahn bei der Polizei noch nicht erlebt! Außerhalb des Gebäudes fanden wir einige Schuhabdrücke die definitiv nicht von unseren Einsatzkräften waren. Das hilft uns auch nicht viel weiter, außer dass wir jetzt wissen, dass zwei

Personen der Bande Schuhgröße 44 und Größe 45 haben. Doch es sind keine Schuhsohlen mit besonderen Merkmalen. Eben Freizeitschuhe die man überall kaufen kann."

Der Polizeidirektor war sehr enttäuscht, aber er konnte daran ja nichts ändern. „OK, danke Frau Bergmann, bleiben Sie bitte am Ball! Ich möchte unverzüglich unterrichtet werden, wenn Sie doch etwas finden!" „Alles klar, Herr Direktor. Ich melde mich." Damit war dieses Gespräch beendet.

Herr Krone hatte heute Mittag schon mit dem Leiter des Drogendezernats, Hauptkommissar Matthias von Greut, ein ausführliches Gespräch geführt. Dessen Leute waren bereits den ganzen Tag damit beschäftigt, sich sehr intensiv im Industriegebiet umzuhören. Es gab dort eine ganze Anzahl kleiner Betriebe in denen bis 17:00 oder 18:00 Uhr gearbeitet wurde. Die ganzen Mitarbeiter, und das waren viele, mussten befragt werden. Eine Zufahrtsstraße führte am Rand eines Wohngebiets vorbei, darum mussten auch die Anwohner dieser Straße befragt werden. Doch alles war bisher ohne ein Ergebnis – niemandem war etwas Ungewöhnliches aufgefallen. Das war aber auch nichts Besonderes, denn die Anwohner waren es schon gewohnt, dass jeden Tag viele LKWs an ihren Häusern vorbeifuhren. Es gab auch im Umkreis keine Kamera, die den ganzen Verkehr überwachte. Der Direktor bekam Kopfschmerzen. Im Prinzip hatten sie nichts, aber auch gar nichts in der Hand, was ihnen weiterhelfen konnte. Frustriert packte er seine Sachen zusammen und machte Feierabend, seine ganze Hoffnung auf morgen setzend.

Die Nacht war für diese Jahreszeit kalt und regnerisch. Der Mond schaffte es nicht, sich durch die dichte Wolkenwand zu kämpfen. Der Keller in dem Gebäude außerhalb der Stadt war ohne Fenster.

Kein Geräusch drang hier nach außen, darum hörte auch niemand die vielen entsetzlichen Schmerzensschreie eines Mannes, der auf einem großen und stabilen Holzstuhl saß. Er konnte sich auch nicht rühren da er an Armen und Beinen gefesselt war! Der Stuhl konnte nicht bewegt werden, weil die Beine im Boden verankert waren. Der bemitleidenswerte Mann war nackt bis auf die dunkle Unterhose. Gesicht und Oberkörper waren entstellt und ganz mit Blut verschmiert. Seine Nase war am Bluten und saß schief im Gesicht. Platzwunden an beiden Wangenknochen verschlimmerten noch stärker den Eindruck, dass der Mann gequält, ja regelrecht gefoltert wurde. Nur seinen Mund hatte man verschont, denn er sollte noch verständliche Worte von sich geben.

Vor dem Gefesselten stand ein Mann, dessen Kleidung auch voller Blut war, aber nicht mit seinem eigenen, sondern nur mit dem seines Opfers. Er war groß und muskulös. Die Muskeln seiner Oberarme waren dabei fast so dick wie bei anderen Menschen die Unterschenkel! Der Mann hatte keine Haare und auffallend an ihm waren seine sehr dünnen, schmalen Lippen. Die passten so gar nicht zu dem großen Mann und dem muskelbepackten Körper. Sein Name war Boris.

Hinter dem Stuhl stand ein zweiter Mann. Der schien gelangweilt, denn er schnitt sich mit einem scharfen Messer die Fingernägel. Sein Name war Bertram und er arbeitete mit Boris zusammen. Die einzige sichtbare Gemeinsamkeit zwischen den beiden Männern war ihre Körpergröße. Bertram war sehr viel schmächtiger, immer gut frisiert und achtete auch auf sein Äußeres. Wenn er lächelte, machte dieser Mann den Eindruck, als gäbe es keinen netteren und freundlicheren Menschen wie ihn! Doch mit dem gleichen Lächeln im Gesicht benutzte er sein Messer als tödliche Waffe!

Hinter Boris stand ein Tisch, auf dem ein kleiner Werkzeugkoffer zu sehen war. Die ganze Zeit war ein Stöhnen und Schluchzen zu hören, weil dem bedauernswerten Mann in Bächen die Tränen über das Gesicht liefen und sein Blut verdünnten. Boris ergriff jetzt das Wort.

„Kompliment alter Mann", sagte er zu seinem Opfer. Dieser „alte Mann" wurde in zwei Wochen 57 Jahre alt. „Du hältst viel länger durch als fast alle anderen die wir auf diesem Stuhl sitzen hatten. Also noch einmal von vorne: Was wisst ihr Bullen über unser Syndikat? Woher kennt ihr den Begriff „das Dreigestirn"? Wer ist euer Informant? Wo sind die Unterlagen über uns? Sind es Akten oder Speichermedien? Wer leitet jetzt die Soko?"

Der Mann auf dem großen Stuhl schüttelte langsam und vorsichtig den Kopf. „Ich weiß doch von nichts! Ich kann die Fragen nicht beantworten. Wie oft soll ich dir noch sagen, dass alle Fäden direkt bei meinem Neffen zusammenliefen und der mich dann erst hinterher aus Sicherheitsgründen informieren wollte. Hört doch bitte…", weiter kam er nicht, denn er stieß einen markerschütternden Schrei aus.

Boris hatte Herrn Steinbach, denn dieser war es der dort angebunden auf dem Stuhl saß, mit der geballten Faust auf die Finger von dessen rechter Hand geschlagen. Normalerweise wäre das vielleicht nicht ganz so schlimm gewesen, doch Bertram hatte Herrn Steinbach vor einiger Zeit jeden einzelnen Finger beider Hände gebrochen! Das Schreien ging dann nach und nach in ein Wimmern über. Herrn Steinbach war schon klar, dass er diesen Ort nicht mehr lebend verlassen würde. Aber warum dann immer noch diese Quälerei, diese Folter? Seinen Peinigern müsste doch mittlerweile wirklich klar sein, dass er nichts zu den ganzen Fragen sagen konnte! Auch wenn die Schmerzen in der Hölle nicht schlimmer sein konnten, als das was er hier aushalten musste!

Boris griff jetzt in die Werkzeugkiste und suchte offenbar nach einem ganz bestimmten Gegenstand. Als seine Hand wieder zum Vorschein kam, hielt er dabei diabolisch grinsend diesen Gegenstand in die Luft – es war ein Korkenzieher! Boris hielt ihn Steinbach direkt vor die Augen.

„Sieh dir dieses Schätzchen gut an! Ich werde dir jetzt die gleichen Fragen nochmal stellen und bei jeder Frage drehe ich dir den Korkenzieher eine Umdrehung mehr in deinen Oberschenkel!"

Boris drehte ohne Erbarmen die Spitze seines Folterinstrumentes ganz langsam in den rechten Oberschenkel von Herrn Steinbach und stellte seine Fragen.

„Was wisst ihr blöden Bullen über unser Syndikat? Woher kennt ihr Trottel denn überhaupt den Begriff „das Dreigestirn"? Wer ist euer Informant? Wo sind die Unterlagen über uns? Sind es Akten oder Speichermedien? Wer leitet jetzt die Soko?" Bei der letzten Frage war von dem

Korkenzieher nur noch der Holzgriff zu sehen. Herr Steinbach schrie und weinte in einer Tour. Aber einmal schrie er Boris doch seine Schmerzen ins Gesicht. „Ich weiß doch von nichts ihr Schweine!"

Als Boris dann damit begann den Korkenzieher mit Absicht ganz langsam aus dem Bein wieder herauszudrehen, wurde dadurch Herr Steinbach ohnmächtig, was Boris auch gleich bemerkte. Der Muskelprotz hörte jetzt sofort auf zu drehen und nickte seinem Kumpel Bertram zu. Der verstand und holte einen Eimer mit kaltem Wasser, der extra für diesen Zweck in der Ecke des Raumes bereitstand.

Boris trat etwas zurück bevor Steinbach die kalte Dusche erhielt. Der rührte sich aber nicht, was Boris veranlasste, wieder näher zu treten und seinem Opfer dann ein paar kräftige Ohrfeigen zu verpassen. „Nun werde aber endlich wach, alter Knacker! Wir sind noch nicht fertig mit dir!"

Doch der alte Knacker rührte sich nicht. Im Gegenteil – bei jeder Ohrfeige pendelte der Kopf von Herrn Steinbach unkontrolliert hin und her!

Jetzt ergriff Bertram die Initiative und meinte zu seinem Kumpel: „Schau doch mal genauer hin. Der scheint nicht mehr zu atmen! Ich glaube der ist hinüber!" Bei diesen Worten versuchte er am Hals ihres Opfers einen Puls zu ertasten, aber vergeblich! Auch Boris versuchte nun sein Glück, musste aber ebenfalls feststellen, dass dort nichts mehr zu finden war. Der Tod hatte ein gutes Werk getan und das Leiden des armen Mannes beendet!

„So ein Mist! Der Alte hat tatsächlich den Löffel abgegeben!" Boris war richtig auf 180 wie man so sagt. Bertram und ihm war nun klar geworden, dass der alte Mann in diesem Fall wirklich nichts wusste! Boris war wütend, weil er durch den Tod des Polizisten um sein absolut liebstes Vergnügen gebracht wurde – das Vergnügen andere Menschen zu quälen und zu misshandeln!

Die beiden banden den Mann los und legten ihn auf eine bereitliegende schwarze Folie. Sie umwickelten den toten Steinbach, trugen ihn so die Kellertreppe hoch nach draußen. Dort legten sie ihn dann in den Kofferraum eines schwarzen Combis. Morgen würde dann der Ofen eines Krematoriums in der Nachbarstadt dafür sorgen, dass niemals jemand die sterblichen Überreste des armen Mannes finden würde. Herr Steinbach hatte nun auf grausame Art den Weg zu seiner ebenfalls verstorbenen Frau gefunden. Sowohl Boris als auch Bertram warfen mit einem Grinsen einen Blick auf zwei beleuchtete Fenster im ersten Stock des Hauses, bevor sie dann in den Keller gingen, um dort alles zu reinigen – für den nächste Einsatz!

Hinter den erleuchteten Fenstern befanden sich zwei Räume. Ein großes Bad und ein traumhaftes Schlafzimmer welches keine Wünsche offenließ. Zu diesem Raum hätte man aber auch gut und gerne Spiegelzimmer sagen können. Wer das Zimmer betrat, sah sofort an der großen rechten fensterlosen Wand einen Schrank mit acht Türen – alle aus Spiegelglas!

Über dem extra breiten Bett war die ganze Decke verspiegelt! Weiße und flauschige Teppiche waren in diesem Raum verteilt und verschluckten jeden Schritt. Das ganze Bett hatte einen Überbau.

Auf der rechten und linken Seite war jeweils ein Radio mit CD-Player integriert. Zusätzlich waren noch kleine Lichter eingebaut, die dann in ganz verschiedenen Farben leuchten konnten, um eine besonders intime Atmosphäre zu erzeugen.

Auf dem breiten roten Überbau verteilt waren verschieden Liebesspielzeuge. Es standen dort zur Auswahl Dildos, Vibratoren und Liebeskugeln in verschiedensten Größen. Dazu kamen aber auch noch Handschellen, Nippelklemmen, Penisringe und andere gern gesehene Spaßmacher!

Dicht über dem Bett, also immer noch direkt in Griffhöhe, hingen einige kleine Peitschen, Fesseln und Seidentücher mit der gleichen Seide, mit der das ganze Bett überzogen war. Das Zimmer strahlte dadurch genau das aus, wofür es mit auch eingerichtet und ausgestattet war – Erotik, Lust und Sex!

Zum Badezimmer gelangte man über einen großen breiten Flur. Auch dieser war mit dicken Teppichen ausgelegt wie das Schlafzimmer. Doch es gab hier etwas was niemand auf einem Flur erwarten würde, und das war – eine an der Decke mit dicken Seilen gut befestigte Liebesschaukel!

An der Wand hingen eingerahmte Fotos, auf denen ein aktives nacktes Pärchen hingebungsvoll in Großaufnahme zeigte, in welch vielfältiger Weise diese Liebesschaukel zu gebrauchen war! Diese erste Etage des schönen alten Gebäudes war schon etwas Besonderes und nur für diesen bestimmten Zweck ausgelegt! Das schienen auch gerade eindeutige Geräusche aus dem großen Badezimmer zu bestätigen. Kam man nämlich wieder aus dem Schlafzimmer heraus und ging über den Flur, gelangte man sofort in das direkt gegenüberliegende Badezimmer.

Die Tür stand weit auf und gleich rechts konnte man das sehr große, mit Milchglas ausgestatte Fenster sehen. Weiter auf der rechten Seite des Badezimmers stand die Toilette und daneben ein Bidet. Eine Eckbadewanne und daneben zwei große weiße Waschbecken waren in der linken Ecke angebracht über denen große und ganz hell beleuchtete Spiegelschränke mit ihrem Licht den Raum zusätzlich ausleuchteten. Rechts hinter der Tür gab es zwei Regale auf denen Handtücher, Bademäntel usw. lagen.

Das interessanteste, zumindest jetzt in diesem Augenblick, war eine große Dusche, die direkt vor der Eckbadewanne montiert war. Es hätten gut und gerne vier Personen ohne Probleme darin gleichzeitig duschen können! Jetzt befanden sich aber nur zwei in der Dusche, welche sich gerade auf das angenehmste beschäftigten.

Die beiden in der Dusche waren ein nicht mehr gerade junger Mann und eine Frau. Er hatte eine Halbglatze und einen kleinen Bauch. Die Frau hatte lange schwarze Haare, welche jetzt nass an ihrem Rücken klebten. Sie war deutlich jünger als der Mann und hatte das, was wohl jeder als atemberaubende Figur bezeichnen würde! Das Wasser der Dusche war abgestellt und ein Stöhnen kam von der Frau. Sie hatte sich mit dem Rücken und geschlossenen Augen gegen einen Teil der Duschkabine gelehnt, während der Mann ihre Vorderseite mit einem Duschgel zum Schäumen brachte.

Gerade beschäftigte er sich genussvoll mit der üppigen Oberweite seiner Partnerin. Er knetete und massierte ihre großen Brüste und zwirbelte die Nippel zwischen seinen Fingern, so dass die Frau schon wieder ein lustvolles Stöhnen von sich gab. Der Mann selbst konnte keinen Blick von dem aufregenden Körper seiner Gespielin lassen.

Jetzt wanderten seine beiden Hände mit ständig kreisenden Bewegungen immer tiefer an der Frau hinunter. Sie hielten aber dabei kurz vor dem rasierten Intimbereich inne, wanderten daran vorbei und fuhren an den weichen Innenseiten der Oberschenkel hoch und runter, immer wieder!

Plötzlich vergrub sich seine rechte Hand in das nasse Liebesdelta der Frau, spaltete dabei die geschwollenen Schamlippen und der Daumen umkreiste ihren Kitzler. Seine Gespielin zuckte unwillkürlich zusammen und gab einen kurzen Schrei von sich. Um die Mundwinkel des Mannes stahl sich ein wissendes Lächeln. Er wusste genau wie er seine Partnerin auf Touren bringen konnte. Währenddessen beschäftigte sich seine linke Hand wieder kurz mit den großen und doch festen

Brüsten der Frau. Mit der gleichen Hand stellte der Mann nun wieder die Dusche an und sorgte dafür, dass dadurch der reichlich vorhandene Schaum vom Körper der Frau abgespült wurde. Seine rechte Hand hörte dabei nicht auf sie weiter an ihrer intimsten Stelle zu verwöhnen. Mehr noch: ohne eine Vorwarnung drang der Mann mit zwei Fingern in die nicht nur vom Duschen total nasse Liebeshöhle seiner Partnerin ein. Ihr Schrei war diesmal noch etwas lauter und sie hatte alle Mühe einigermaßen ruhig stehen zu bleiben. Die beiden genossen dieses Liebesspiel sichtlich. Sie wussten auch ganz genau, dass außer Boris und Bertram niemand im Haus war und diese zwei Männer würden es nicht wagen sie zu stören!

Der Mann beugte sich hinunter zum Busen der Frau. Mit dem Mund saugte er so viel weiche Brust wie möglich ein und biss leicht und vorsichtig abwechselnd in die angeschwollenen Nippel. Die Frau konnte sich kaum noch beherrschen, zumal ihr Partner sich jetzt langsam, aber zielstrebig mit seinem Mund bzw. seiner Zunge nach unten „arbeitete".

Da in der Dusche Platz genug war, kniete der Mann sich hin, zog die Schamlippen mit den beiden Daumen weit auseinander und verwöhnte die dadurch herausstehende und geschwollene Liebesperle mit seiner Zunge. Das war zu viel für die Frau. Sie drückte den Kopf ihres Gefährten mit beiden Händen so fest an ihre Liebesmuschel, dass er kaum noch Luft bekam! „Hör jetzt bloß nicht auf! Ich bin gleich soweit das ich komme!" flehte sie ihn dabei regelrecht an.

Ihr Partner dachte auch nicht daran aufzuhören, sondern er gab sich alle Mühe seiner geilen Gefährtin heute einen super Orgasmus zu verschaffen. Der ließ dann auch nicht lange auf sich warten! Die Frau spürte wie sich Welle auf Welle langsam den Weg durch ihren schönen Körper bahnten, sich schließlich im Unterleib konzentrierten und dann in einem einzigartigen und gewaltigen Orgasmus förmlich explodierten!

Schreiend und am ganzen Körper bebend entluden sich nun ihre gewaltigen Emotionen, wieder und immer wieder! Das ging eine Weile so, denn ihr Gefährte wusste genau, dass seine Partnerin, einmal zum Orgasmus gebracht, dann auch ohne Probleme von einen Höhepunkt in den nächsten gleiten konnte. Doch irgendwann hielt es der Mann nicht mehr aus. Er war selbst total erregt bis in seine wenigen Haarspitzen, die er nur noch hatte. Der Mann erhob sich jetzt und gab seiner Partnerin einen langen und fast nicht enden wollenden, leidenschaftlichen Zungenkuss. Dann schob er seine Gespielin an die verfliese Wand, so dass sie ihm ihre rückwertige Partie zeigte. Die Frau wusste scheinbar genau was er von ihr wollte. Sie stemmte ihre Hände gegen die Wand, bückte sich etwas, spreizte die Beine und präsentierte dem Mann so ihre intimste Stelle mit einem weit geöffneten Eingang zu ihrer Liebeshöhle. Der Mann trat nun ganz nah heran und war begierig darauf sein großes und bei jeder Bewegung wippendes Glied in ihrer Grotte zu versenken. Er machte noch einen kleinen Schritt, fasste seine Gespielin mit festem Griff an beide Hüften und drang dann mit einem Stoß komplett in sie ein. Die Frau stieß einen Schrei aus, aber nicht, weil sie Schmerzen hatte, sondern er unterstrich nur ihre Lust. Der Mann ließ ihre Hüften los und nahm jetzt in jede Hand eine der großen, nun hängenden Brüste, hielt sich praktisch an ihnen fest und drückte seine Gefährtin mit aller Kraft an sich.

Er stieß nun immer wieder so tief wie möglich in sie hinein, begleitet von dem lauten Stöhnen seiner Partnerin. Diese stützte sich jetzt nur noch mit der linken Hand an der Wand ab und bearbeitete mit der rechten heftig ihren Kitzler. Mit dem Ergebnis, dass sie schon bald ihren nächsten Orgasmus hatte! Durch die zuckenden Intervalle zog sich in ihrem Unterleib alles zusammen. Das Glied des Mannes wurde dadurch scheinbar in ihrer Liebeshöhle regelrecht festgeklemmt und fast nicht losgelassen. Das war zu viel für ihn und mit einem letzten kraftvollen Stoß kam auch er zum Höhepunkt und verströmte nun seine ganze angesammelte Lust tief in ihre Liebesgrotte. Dabei quetschte er jetzt die Brüste seiner Partnerin so heftig, dass diese nun wirklich einen kurzen Schmerzensschrei ausstieß.

Die zwei blieben engumschlungen in dieser Stellung stehen und genossen jeder für sich schwer atmend die letzten „Wehen" ihrer jeweils heftigen Höhepunkte. Nach ein paar Minuten, in denen beide diesen hautengen Körperkontakt genossen, zog sich der Mann aber mit seinem nun erschlafften Glied aus seiner Gefährtin zurück. Danach duschten sie zusammen, trockneten sich gegenseitig kurz ab und zogen sich Bademäntel an. Dann gingen sie gut gelaunt und befriedigt in das Schlafzimmer, wo der Mann aus einer Minibar eine Flasche Champagner nahm und zwei Gläser füllte. Die beiden prosteten sich zu und nahmen auf der Bettkante platz. Nachdem die Frau einen großen Schluck genommen hatte, ergriff sie das Wort.

„Hast du schon einen Plan wie wir weiter vorgehen, oder willst du die fünf Millionen Euro einfach abschreiben?" Der Mann trank sein Glas in einem Zug aus und zögerte mit der Antwort. Er ballte die freie Hand zur Faust und in seine Augen trat ein gefährliches Glitzern.

„Das waren mehr als fünf Millionen, da leg noch mal mindestens eine Million drauf. Ich werde doch niemals so viel Geld aufgeben. Das ist aber bestimmt auch in deinem eigenen Interesse, oder verzichtest du freiwillig auf deinen Anteil?" Das war schon mehr eine Feststellung als eine Frage. Doch die Frau ging darauf ein und antwortete: „Natürlich nicht! Wir beide und Boris haben bisher immer alles erreicht, was wir wollten!" Jetzt war auch klar wer in diesem Haus sein Unwesen trieb bzw. seinem Vergnügen nachging: es war das berühmt-berüchtigte Dreigestirn

„So wird es auch immer sein!" versprach der Mann im Brustton der Überzeugung. „Einen Plan habe ich noch nicht. Ich hoffe, Boris und Bertram können dem Steinbach heute entlocken wer uns verpfiffen hat. Solange wir den Maulwurf nicht kennen ist eine auffällige Aktion viel zu riskant! Wir müssen jetzt erst die Lage sondieren, um zu sehen wie und wann wir handeln können. Dafür brauche ich dich ganz besonders!"

„Soso, nur dafür brauchst du mich ganz besonders," meinte seine Partnerin mit einem schelmischen Lächeln. Sie stellte ihr jetzt leeres Glas auf den Boden und öffnete ihrem Gefährten den Bademantel. Dann beugte sie sich hinunter und versenkte ihren Kopf in seinen Intimbereich…

Polizeidirektor Krone erschien an diesem Tag außergewöhnlich früh, um 7:00 Uhr, in seinem Büro. Er schien unausgeschlafen und übernächtigt. Bis weit nach Mitternacht hatte er die nach Hause mitgenommenen Akten durchgearbeitet, um vielleicht doch noch einen Hinweis in Sachen Dreigestirn zu finden – vergeblich! Alles lief darauf hinaus, dass sie unbedingt den oder auch die Informanten von Kommissar Steinbach finden und natürlich auch kontaktieren mussten!

Herr Krone griff zum Telefon, um einen Kaffee zu bestellen, als ihm einfiel, dass seine Sekretärin erst um 8:00 Uhr in ihr Büro kam. Jetzt war es gerade 7:15 Uhr und darum wählte er nun die Nummer vom Leiter des Drogendezernats. Der meldete sich sofort.

„Von Greut hier. Guten Morgen Herr Direktor." „Guten Morgen auch von mir," erwiderte dieser und wollte wissen ob die Befragungen von gestern noch etwas ergeben hatten.

„Leider nicht, aber meine Leute und die von der Soko schwärmen heute noch einmal aus und erweitern dabei den Radius der Befragungen. Wir konnten zusätzlich auch noch drei Unternehmen ausfindig machen, die gestern und vorgestern Waren ausgeliefert haben. Fahrer und eventuelle Beifahrer müssen wir befragen."

„Gut, bleiben Sie weiter intensiv am Ball und jetzt schicken Sie sofort Kommissar Steinbach zu mir." „Das wird nicht gehen, denn der ist nicht zum

Dienst erschienen. Er hat sich aber auch nicht abgemeldet." „Alles klar, dann bin ich da auch im Bilde," erwiderte der Polizeichef und legte auf. Dann suchte er die im Telefon eingespeicherte Nummer seines Stellvertreters und drückte die entsprechende Taste. Doch meldete sich niemand. Kurz entschlossen suchte er jetzt die Nummer von Herrn Meier aus dem Telefonbuch und rief dort an. Es dauerte lange bis sich am anderen Ende jemand meldete.

„Kurt Meier," ertönte eine männliche und etwas unwirsch klingende Stimme am anderen Ende der Leitung. „Wunderschönen guten Morgen Herr Meier, hier Polizeidirektor Krone. Entschuldigen Sie bitte diese frühe Störung, aber ich möchte gerne wissen ob Sie seit gestern meinen Kollegen Herrn Steinbach gesehen haben."

„Ach Herr Krone, guten Morgen. Da haben Sie aber Glück gehabt. Ich wollte gerade mit meinem Hund eine Runde Gassi gehen. Um Ihre Frage zu beantworten: nein, ich habe den Herrn Steinbach seit gestern nicht mehr gesehen. Sein Haus blieb aber auch während der ganzen Zeit unbeleuchtet!"

„Ich danke Ihnen Herr Meier! Vielleicht sehen wir uns heute noch." Damit beendete Herr Krone das Gespräch. Es war bereits kurz vor 8:00 Uhr als Frau Dreimann ihr Büro betrat. Sie hatte noch nicht einmal ihren PC angemacht als ihr Chef völlig überraschend das Büro betrat.

„Guten Morgen, Frau Dreimann. Als erstes brauche ich jetzt sofort eine Verbindung mit Kommissar Steinbach und dann einen starken Kaffee. Beides bitte so schnell wie möglich!"

Ohne eine Antwort abzuwarten, ging der Direktor zurück in sein Büro. Verwundert sah seine Sekretärin hinter ihm her, aber sie kannte ihren Chef schon lange und war auch einiges von ihm gewohnt. Als sie kurze Zeit später mit dem Kaffee in der Hand sein Büro betrat, hatte Frau Dreimann schon wieder schlechte Nachrichten für ihn.

„Es gibt nichts Neues Herr Direktor. Der Kommissar ist leider trotz vieler Versuche nicht zu erreichen!" Herr Krone sah sie nur an und sagte „Danke." Die Sekretärin ging zurück in ihr Büro und er genoss den Kaffee in kleinen Schlucken. Dabei schossen ihm viele Gedanken durch den Kopf. Irgendwo ganz tief in ihm hatte sein Gefühl gesagt, dass der Kommissar sich nicht melden würde. Das gab in diesem Moment den Ausschlag. Dieser alte Hase hatte im Laufe seiner vielen Dienstjahre gelernt auf sein Bauchgefühl, seinen großen Instinkt, zu hören. Der Direktor setzte nun alles auf eine Karte, griff zum Telefon und rief deswegen beim wachhabenden Beamten der Bereitschaftspolizei an. „Ich brauche zwei Wagen und auch noch den Schlüsseldienst in die Bachstraße Nummer siebzehn. Keiner soll etwas unternehmen, sondern nur warten bis ich komme!"

Der Wachhabende setzte daraufhin sofort die zwei gewünschten Wagen in Bewegung, rief dann den Schlüsseldienst an und staunte nicht schlecht, dass der Polizeidirektor persönlich zum Einsatzort kommen wollte.

Als Herr Krone in der Bachstraße ankam warteten die beiden Streifenwagen schon. Die drei Männer und eine Frau stiegen aus und wurden dann vom Polizeichef mit einem freundlichen „Guten Morgen Kollegen," begrüßt. „Ziehen sie bitte genau wie ich ihre Einmalhandschuhe an. Noch zu ihrer Information, hier wohnt Herr Kommissar Steinbacher, den wir jetzt schon zwei Tage vermissen. Nur der…" zum Weitersprechen kam er jetzt nicht, denn der Wagen des bestellten Schlüsseldienstes kam gerade und parkte hinter den Einsatzfahrzeugen. Ein Mann stieg aus, nahm auch noch einen blauen Werkzeugkoffer aus dem Wagen und kam auf die Gruppe der Polizisten zu.

„Hallo Herr Schmidt, Sie kennen das ja alles. Bleiben Sie einfach nur hinter uns," wurde er vom Polizeidirektor begrüßt, der diesen Mann vom Schlüsseldienst von anderen Einsätzen persönlich kannte. Herr Schmidt nickte nur und reihte sich in die Reihe der Polizisten ein, die jetzt auf das Haus zugingen.

Vor dem Eingang blieben sie stehen und Herr Krone klingelte mehrere Male bei Herrn Steinbach, aber wie schon erwartet kam keine Reaktion. Danach drückte er nacheinander auf jede der restlichen drei Klingel. Wie erhofft ertönte der Türöffner und alle gingen hinein. Eine Frau aus der ersten Etage sah zu ihnen hinunter.

„Guten Morgen. Hier ist die Polizei. Wir wollten nur ins Haus. Vielen Dank, dass Sie aufgemacht haben!" Nach dieser Erklärung verschwand die Frau ohne ein Wort wieder in ihre Wohnung.

Der Kommissar wohnte auf der linken Seite im Erdgeschoss. Die Tür zur der Wohnung war aber verschlossen. Auf einen Wink des Polizeichefs machte sich nun Herr Schmidt daran, die Tür zu öffnen. Während der kurzen Zeit zogen sich alle Polizisten einen Schutz über die Schuhe. Die Tür zu öffnen, dauerte keine Minute.

„Danke, warten Sie jetzt bitte draußen," meinte Herr Krone dann zum Mann vom Schlüsseldienst. „Ich habe eventuell noch einen weiteren Auftrag für Sie." „Kein Problem," erwiderte Herr Schmidt.

Der Polizeichef öffnete die Tür so weit wie möglich und trat ein. Er stand auf einem Flur, der sich längs durch die ganze Wohnung zog und von dem alle Zimmer abgingen. Er wandte sich an seine Leute.

„Zwei von ihnen gehen nach rechts und die anderen beiden kommen mit mir." Das erste Zimmer auf ihren Weg war die Küche. In und auf der Spüle stand viel schmutziges Geschirr und auf einem Tisch stapelten sich leere Pizzakartons. Doch bereits im nächsten angrenzenden Raum, dem Wohnzimmer, wurden sie fündig. Die Tür war ganz weit auf und an der gegenüberliegenden Wand stand ein kleines Bücherregal. Davor lag auf dem Fußboden Stefan Steinbach. In der rechten Hand hielt er seine Dienstwaffe und die linke lag direkt neben dem Regal. Die Polizisten näherten sich vorsichtig, um keine Spuren zu verwischen. Rund um den am Boden liegenden Kommissar konnte man vor lauter Blut das Laminat nicht mehr erkennen. Ala sie näher kamen, war die Ursache dafür umso deutlicher zu erkennen – ihr ehemaliger Kollege hatte ein Loch in der Schläfe! Die Kugel war auf der einen Seite eingedrungen und auf der anderen wieder ausgetreten, was auch die am Bücherregal klebende Hirnmasse erklärte. Alles deutete daraufhin, dass Stefan Steinbach sein Leben selbst beendet hatte!

Der Polizeidirektor wandte sich jetzt an die beiden Polizisten, die mit ihm das Wohnzimmer betreten hatten. Er sah die zwei prüfend an, denn deren Gesichter hatten eine ungesunde Farbe angenommen.

„Nehmen sie sofort ihre beiden Kollegen, die gerade hereinkommen und sperren sie mit ihnen Haus und Grundstück ab. Niemand darf herein und die Bewohner dürfen erst gehen, wenn sie befragt worden sind! Sagen sie Herrn Schmidt, dass er zur Hausnummer 42 fahren und dort auf mich warten soll. Ich rufe im Präsidium an und veranlasse alles weitere." Die beiden Polizisten drehten sich nun erleichtert um und verließen fast fluchtartig den

Raum während ihr Chef sofort bei dem Wachhabenden im Präsidium anrief.

„Krone hier, hallo Herr Schwerthammer. Ich brauche sofort das große Programm hier in die Bachstraße siebzehn. Wir haben leider einen toten Kollegen und informieren Sie Hauptkommissar von Greut von der Soko „Dreigestirn". Dazu brauche ich noch zwei Wagen in die Bachstr. 42. Die Besatzungen sollen warte. Ich bin auch gleich vor Ort."

Ohne ein weiteres Wort oder auch nur eine Bestätigung abzuwarten, beendete der Direktor dieses Gespräch. Nur eine Minute später setzte im Präsidium hektisches Treiben ein.

Währenddessen ging der Herr Krone langsam und vorsichtig durch die Wohnung, um sich umzusehen. Alles sah, von dem Durcheinander in der Küche abgesehen, ordentlich und sauber aus. Es gab jedoch auch keine Anzeichen dafür, dass jemand eingebrochen war und in dieser Wohnung alles durchsucht hatte – zumindest nicht auf den ersten Blick.

Doch dieses Gefühl war da, dieser Instinkt, der ihm sagte: hier stimmt etwas nicht! Im gleichen Augenblick fiel ihm auch ein, was ihn hier in der Wohnung irritierte: es gab keinen Laptop, keinen PC oder Tablett! Das konnte nicht sein!

Herr Krone ging langsam und aufmerksam weiter und kam dabei zur Telefonanlage. Ganz automatisch drückte er nun die Wiedergabetaste vom AB. Eine Frauenstimme war zu hören: „Ich konnte nicht eher anrufen. Sie sind auf dem Weg zu dir und müssen jeden Augenblick vor deiner Tür stehen! Hau ab, solange du noch kannst!"

In der Stimme dieser unbekannten Frau war große Angst, ja geradezu Panik zu hören. Diese Nachricht hörte sich Herr Krone jetzt noch einige male an, während in seinem Kopf dabei sämtliche Alarmglocken schrillten. Das war eine mehr als deutliche Warnung. Doch wer war diese Frau und wer „sie"? Das musste seine Soko nun unbedingt herausfinden, und zwar schnellstens!

Jetzt wurde es voll in der Wohnung. Spusi, der Rechtsmediziner, die ganzen Kollegen von der Mordkommission und ebenfalls zwei von der Soko „Dreigestirn" strömten herein – und standen fast stramm als sie ohne Vorwarnung plötzlich ihrem höchsten Vorgesetzten gegenüber standen der sie ohne Begrüßung darüber in Kenntnis setzte, was er von ihnen erwartete.

„Ich brauche ihnen nicht sagen, was sie zu tun haben. Das wissen sie selbst am besten. Was sie noch nicht wissen: diesen Fall und auch noch den nächsten, welchen ich heute leider als Folge der schlimmen Ereignisse in dieser Wohnung auch erwarte, erkläre ich zur Chefsache! Ich werde alle Arbeiten und Ermittlungen bis ins kleinste Detail penibel verfolgen und behalte mir vor, jederzeit einzuschreiten. Ich erwarte laufend von allen am Fall beteiligten Abteilungen über den Stand der

Ermittlungen sofort informiert zu werden. Ihre Vorgesetzten werden darüber unverzüglich von mir instruiert."

Er sah die anwesenden Personen mit einem Gesichtsausdruck und einem Blick an, als hätte er vor, jeden der sich nicht an diese sehr seltenen Anweisungen hielt, dahin zu schicken wo der berühmte Pfeffer wächst.

„Frau Steinmeier," die direkt von ihrem Chef angesprochene Mitarbeiterin der Spusi zuckte zusammen als sie plötzlich ihren Namen hörte. „Auf dem AB von der Telefonanlage ist nur eine besondere Nachricht zu hören. Sorgen Sie bitte schnellstmöglich dafür, dass auch die KTU die Aufnahme erhält. Das gleiche gilt für das Handy von Herrn Steinbach, wenn es denn hoffentlich gefunden wird."

„Alles klar, Herr Direktor!" erwiderte Frau Steinmeier darauf nur. Dieser verließ jetzt schnell die Wohnung, setzte sich in seinen Dienstwagen und fuhr die kurze Strecke zur Hausnummer 42 mit einem sehr unguten Gefühl. Herr Schmidt vom Schlüsseldienst und die beiden Besatzungen der Streifenwagen warteten schon. Es wurde dann genauso vorgegangen wie bei Stefan Steinbach mit dem einzigen Unterschied, dass Herr Schmidt nachdem er die Tür geöffnet hatte, verabschiedet wurde.

Der Polizeichef deutete auf die beiden Männer direkt neben ihm. „Sie beide gehen direkt nach oben, wir anderen bleiben im Erdgeschoss. Denken sie daran, wir suchen meinen Stellvertreter oder nach Hinweisen für seinen Verbleib."

Die Männer teilten sich wie angeordnet, aber von Herrn Steinbach gab es nirgendwo eine Spur. Im Gegensatz zu der Wohnung seines Neffen, konnte man hier deutlich sehen, dass alle Räume durchsucht worden waren. Da Herr Krone schon einige Male hier in der Wohnung von seinem Stellvertreter gewesen war fiel ihm diesmal sofort auf das der Computer fehlte. Zusammen mit der Aussage von Herrn Meier war ihm sofort klar, dass Herr Steinbach entführt wurde! Der Polizeidirektor rief wieder im Präsidium an und setzte das nächste Team in Bewegung.

Anschließend verließ er das Haus und ging hinüber zum Nachbarn, um mit Herrn Meier zu sprechen. Weit brauchte Herr Krone dabei aber nicht zu gehen, denn der Gesuchte stand schon wieder am Zaun.

„Guten Morgen Herr Meier. Zu Ihnen wollte ich gerade!" „Guten Morgen Herr Krone. Wenn ich Sie hier sehe und dann das Ihre Kollegen dabei sind alles abzusperren, kann ich wohl davon ausgehen, dass mit ihrem Stellvertreter etwas nicht in Ordnung ist."

Das war aber keine Frage, sondern eine Feststellung. „Sie haben recht Herr Meier! Es sieht wirklich ganz so aus, als wäre Herr Steinbach entführt worden! Damit kommen Sie ins Spiel. Sie sind wahrscheinlich unser einziger Zeuge. Wir werden auch noch die Nachbarn befragen, aber ich glaube nicht daran, dass jemand die beiden Entführer so gut und aus der Nähe gesehen hat wie Sie. Darum möchte ich Sie bitten ins Präsidium zu kommen damit wir dort mit Ihrer Hilfe schnell Phantombilder von den beiden mutmaßlichen Entführern anfertigen können."

Herr Meier sah den Polizeichef einen Moment schweigend an und nickte dann. „Ich habe gleich einen wichtigen Termin beim Arzt, auf den ich drei Monate gewartet habe und den möchte ich nicht verschieben. Anschließend komme ich dann direkt ins Präsidium. Ist das in Ordnung?"

Herrn Krone wäre es lieber gewesen sein Zeuge würde sofort kommen, aber er nickte doch zustimmend. „Das ist in Ordnung. Ich rufe jetzt im Präsidium an und sage Bescheid, dass Sie dort gleich in Empfang genommen werden. Melden Sie sich dort bitte beim Empfang und sagen, dass Herr Bartel auf Sie wartet."

Die beiden trennten sich. Der Polizeichef ging zu seinem Auto und Herr Meier in sein Haus. Der informierte seine Frau Irene über die Ereignisse und über was er eben mit Herrn Krone besprochen hatte und warum er dementsprechend später nach Hause kommen würde. Kurze Zeit später setzte sich Herr Meier in sein Auto und fuhr zum Arzt ins Krankenhaus. Bis er wieder aus der Klinik kam und sich auf den direkten Weg zum Präsidium machte, vergingen fast zwei Stunden. Doch kaum saß er im Auto, klingelte sein Handy und Herr Meier nahm den Anruf über die Freisprechanlage an.

„Hör jetzt gut zu," ertönte eine laute männliche Stimme. „Wenn du gleich bei den Bullen die Phantombilder zeichnen lässt, dann lass dir was einfallen. Wenn du uns richtig beschreibst dann ist deine Frau tot! Schau mal auf dein Handy!" Ein Klack und das Gespräch war damit beendet. Dafür erschien der Hinweis auf dem Display, dass ein Video angekommen war.

Herr Meier war wie vom Blitz getroffen. Er konnte nicht glauben, was dieser Mann gerade gesagt hatte und es dauerte lange bis er auf das Display drückte und dadurch das Video abspielte. Zu sehen war dort eine Zeitung vom heutigen Tag, die von einer behandschuhten Hand gehalten wurde. Im Hintergrund war seine Frau zu sehen, wie sie mit dem Hund spielte! „Du weißt was du machen musst! Ein Wort zu den Bullen oder jemand anderem und deine Frau ist tot. Niemand wird uns daran hindern! Wenn du später nach Hause kommst, dann ist es besser für euch beide, wenn du die ganze Angelegenheit vergisst!" Die Stimme war nicht sehr laut, lies Herrn Meier aber einen Schauer nach dem anderen den Rücken hinunterlaufen. Die Verbindung wurde jetzt getrennt und Herr Meier fuhr an die Seite, um das Auto zu parken. Er konnte aber immer noch nicht glauben was er da eben gehört und auch gesehen hatte. Doch je länger Herr Meier aber darüber nachdachte, umso mehr Angst und Panik stieg in ihm hoch. *„Ich soll bei der Polizei die Gesichter der beiden Männer, die ich mit Herrn Steinbach gesehen habe, nicht beschreiben. Wenn, doch dann stirbt meine Frau. Woher wissen die, was Herr Krone von mir erwartet? Woher kennen die meine Handynummer? Woher wissen sie, dass ich auf dem Weg zum Präsidium bin, aber noch nicht dort angekommen?"* Die Gedanken von Herrn Meier schlugen Purzelbaum. Zumindest die letzte Frage glaubte er auch beantworten zu können: er wurde von den Verbrechern beobachtet! Von dem was er bei der Polizei aussagte und eben auch nicht sagte, hing das Leben seiner Frau ab! Doch woher sollten die wissen was er bei der Polizei erzählte? Die Frage verwarf Herr Meier aber sofort wieder. Wenn die Verbrecher so genau über alles Bescheid wussten, dann war es bestimmt auch kein Problem für sie zu erfahren, was er dort gesagt hatte!

Noch blieb Herr Meier aber mit dem Auto an der Straßenseite stehen. Er stieg aus und lehnte sich ans Auto, um mehrmals tief Luft zu holen. Er nahm sein Handy und rief seine Frau an. „Hallo Irene, alles klar bei dir?"

„Ja, aber was ist mit dir? Warst du schon auf dem Präsidium und konntest denen auch weiterhelfen?" „Nein, ich wollte dir nur sagen, dass ich jetzt gerade auf dem Weg dahin bin. Bis später dann." Herr Meier beendete jetzt abrupt das Gespräch denn sein Blick war auf einige Plakate gefallen — Plakate mit Gesichtern! Er trat näher heran und suchte sich zwei Männer aus…

Im Krankenhaus von Familienstadt saßen Oma Hannah auf der linken Seite und ihre Tochter Sahra Strelemann auf der rechten Seite neben dem Bett von Anika. Das verletzte Mädchen lag in einem Einzelzimmer und die beiden Erwachsenen sahen auf das Mädchen herunter. Anika hatte auf der Stirn und der linken Wange mehrere Pflaster. Auf ihrem Rücken, was man natürlich nicht sehen konnte, gab es neben verschieden große Pflaster auch eine Wundkompresse, unter der sich eine tiefe mit zehn Stichen vernähte Wunde befand.

Das Mädchen lag auf drei weichen Kissen damit sie möglichst schmerzfrei liegen konnte. Anika war ganz bleich im Gesicht und weinte still vor sich hin. Hannah und Sahra mussten sich sehr beherrschen um nicht auch noch ihren Tränen freien Lauf zu lassen. Die schrecklichen Ereignisse, bei denen die Eltern von dem Mädchen ums Leben kamen und sie selbst verletzt wurde, waren doch erst drei Tage her.

Anikas Verletzungen hatten sich zu ihrem Glück und wider Erwarten als nicht sehr gefährlich herausgestellt und sie konnte schon in drei bis vier Tagen nach Hause entlassen werden. In diesem Fall waren die seelischen Qualen viel schlimmer als die Körperlichen.

Die Ahnung von Oma Hannah hatte sich leider bestätigt, als sie gestern ihre Familie von der Geburtstagsfeier verabschiedete. Nachdem sie von ihrer Tochter Sahra die entsetzliche Nachricht bekam, machte sie sich sofort auf den Weg nach Familienstadt und wohnte jetzt in der Wohnung der Verstorbenen. Hannah und Anikas Tante Sahra taten alles, um das Mädchen nicht noch mehr zu belasten.

Heute war sogar der Pfarrer dagewesen und hatte versucht Anika mit tröstenden Worten etwas Kraft zu geben – natürlich ohne Erfolg. Der anwesenden Hannah überreichte der Mann die Visitenkarte einer Kinder- und Jugendpsychologin. Sogar das Jugendamt hatte sich bei der Polizistin gemeldet und angekündigt, dass sich eine Mitarbeiterin melden würde, sobald Anika wieder zu Hause sei. Für die Beisetzung und alles was damit zusammenhing, beauftragten Hannah und Sahra ein Beerdigungsinstitut. Die Arztpraxis blieb natürlich auch geschlossen, das Personal in Urlaub geschickt und die Ärztekammer informiert, dass zwei Ärzte als Nachfolger gesucht wurden.

Das klang alles sehr, sehr nüchtern und sogar unrealistisch, aber die beiden letzten Verwandten mussten trotz aller Trauer und Schmerz praktisch denken und so viel wie möglich von dem kranken Mädchen fernhalten. Irgendwo war es aber auch notwendig Entscheidungen zu treffen, denn Anika war ja noch nicht volljährig. Der Tod forderte leider auch noch im Nachhinein seinen Tribut.

Die beiden Erwachsenen saßen nun bei dem Mädchen am Bett und waren sehr überrascht als sie plötzlich fragte: „Kann ich Mama und Papa noch einmal sehen?" Das Anika wusste, dass ihre Eltern nicht mehr lebten, war ein unglücklicher Zufall. Sie sollte es eigentlich nicht sofort erfahren, hatte aber leider ein Gespräch zwischen zwei Ärzten mitbekommen, als diese glaubten, dass ihre Patientin noch schlafen würde. Die folgende Nacht war die Schlimmste, welche Anika je durchgemacht hatte.

Sie weinte und schrie, fiel immer wieder kurzzeitig in einen schlafähnlichen Zustand und träumte dann von dem Unfall. Dabei war sie kaum im Bett zu halten und schlug um sich. Das dabei ihre Wunden teilweise aufplatzten merkte das Mädchen leider nicht. Die Ärzte waren deswegen gezwungen ihr auch starke Beruhigungsmittel zu verabreichen. Und jetzt diese Frage!

Tante Sahra und Oma Hannah sahen sich an und schüttelten dann wie auf Kommando mit den Köpfen. Sahra übernahm die Antwort, da sie selbst von diesem Schritt Abstand genommen hatte. Auch ihre Mutter konnte sie nur mit Mühe davon überzeugen das sie ihre zweite Tochter und den Schwiegersohn so in Erinnerung behalten sollte, wie sie auch zu Lebzeiten ausgesehen hatten. Als Polizistin hatte sie schon zwei Mal verbrannte Körper gesehen und wollte ihren Angehörigen und auch sich selbst diesen sehr grausamen Anblick ersparen.

„Nein Anika, das ist leider nicht möglich. Deine Eltern werden schon morgen ganz früh vom Bestattungsinstitut übernommen." Das Mädchen wurde auf einmal seltsam ruhig und hielt den beiden Erwachsenen ihre Hände hin - als stumme Bitte. Eine ganze Weile saßen bzw. lagen die drei stumm da und jede hing ihren Gedanken nach. Plötzlich drückte Anika die Hände ihrer beiden einzigen jetzt noch lebenden Verwandten ganz fest und fragte:

„Warum lebe ausgerechnet ich noch? Warum bin ich nicht auch tot?" Wieder waren die beiden

Erwachsenen völlig überrascht. Jetzt übernahm Oma Hannah die Antwort.

„Du hattest sehr viel Glück und auch ganz bestimmt einen Schutzengel!" Hannah wusste von ihrer Tochter Sahra wer Anika das Leben gerettet hatte, und respektierte den Wunsch von diesem Sebastian, den er schon gegenüber der Polizei am Unfallort geäußert hatte: seinen Namen nicht zu erwähnen. Aber auch wenn er das nicht wollte, hatte Sahra sich vorgenommen, Sebastian noch heute zu besuchen und ihm zu danken. Es war ja auch nur ein Katzensprung von der Wohnung ihrer Schwester bis zum Kloster auf der anderen Straßenseite.

„Schutzengel? Warum nur für mich und nicht für Mama und Papa?" Der Oma traten wieder Tränen in die Augen. Sie beugte sich zu Anika hinunter und gab ihr einen Kuss auf die Stirn.

„Das weiß ich auch nicht. Das weiß nur Gott! Früher oder später holt er doch jeden zu sich in den Himmel!"

Ihre Enkeltochter war jetzt fünfzehn Jahre und hatte bald Geburtstag. Sie wusste natürlich, dass kein Mensch ewig lebte. Nur, wenn man dann selbst davon betroffen war, konnte man es schwer akzeptieren. Allen drei Personen hier in diesem Krankenzimmer ging es genauso.

Sahra verließ heute schon als erste das Zimmer und fuhr direkt zur Wohnung der beiden Verstorbenen. Die Polizistin hatte bereits damals,

als die Familie hierhergezogen war, für die Wohnung und zusätzlich für die Arztpraxis einen Reserveschlüssel bekommen. Sahra wollte ein einige Sachen für ihre Nichte einpacken.

Als sie dann die Wohnung betrat, wurde die Polizistin von einer fast greifbaren und irgendwie gespenstigen Stille empfangen, die bei ihr ein leichtes Frösteln auslöste. Aber dennoch hatte sie das Gefühl irgendwo die Stimmen der beiden Verstorbenen zu hören. Sahra beeilte sich die Sachen zu packen und verließ das Haus. Draußen holte sie tief Luft und schalt sich eine Närrin. Wenn es Sahra schon so ging, wie musste sich die arme Anika erst fühlen, wenn sie aus dem Krankenhaus wieder hierherkam? In ihr kam plötzlich blitzartig ein Gedanke hoch, über den sie noch heute Abend mit ihrer Mutter reden wollte.

Sahra stellte die Tasche mit den Sachen ins Auto, verschloss diese und ging hinüber auf die andere Straßenseite zum Kloster. Sie klingelte an der Pforte und wartete dann geduldig bis eine freundlich lächelnde Nonne nach ihrem Begehr fragte.

„Guten Tag, mein Name ist Sahra Strelemann. Könnte ich wohl kurz mit Sebastian Hagebaum sprechen?" „Kommen Sie doch bitte herein. Ich sehe mal im Ausgangsbuch nach, ob er sich eingetragen hat."

Sie sah den fragenden Blick von Sahra und ergänzte: „Wir haben hier nur sieben Kinder und

Jugendliche im Kloster. Die leben aber nicht wie im Gefängnis. Sie informieren uns grob über den geplanten Tagesablauf, tragen sich in dem Buch ein, wenn sie das Kloster verlassen und eben auch, sobald sie zurück sind."

Die Nonne ging nachsehen und kam dann sofort wieder zurück. „Sebastian ist zumindest im Kloster. Ob er aber in seinem Zimmer ist müssen wir sehen. Kommen Sie doch bitte mit."

Die Polizistin folgte der Nonne dann in die zweite Etage und beide blieben vor einer Tür stehen, die mit dem Namensschild „Sebastian" versehen war. Die Nonne klopfte an und ein lautes „Herein" ertönte. Die Frauen traten ein und sahen den Jungen am Schreibtisch sitzen, vor und neben sich Schreibhefte und Bücher.

„Sebastian, du hast Besuch bekommen von Frau Strelemann. Ich lasse euch jetzt allein." Mit diesen Worten ging die Nonne hinaus. Sebastian war sofort aufgestanden und sah seinen Besuch schweigend und erwartungsvoll an. Die Polizistin begann das Gespräch.

„Hallo Sebastian, mein Name ist Sahra Strelemann und ich bin die Tante von Anika. Ich möchte mich gerne erkundigen wie es dir geht, denn du hast doch auch sehr viel durchgemacht. Außerdem möchte ich mich ganz ganz herzlich dafür bedanken, dass du so mutig warst und Anika das Leben gerettet hast!" Der Junge sah sie traurig an. „Mir geht es gut. Es tut mir sehr leid, dass ich

Anikas Eltern bzw. ihrer Schwester und ihrem Schwager nicht mehr helfen konnte. Wie ich die beiden vorgefunden habe, möchte ich lieber nicht erzählen."

Sahra traten die Tränen in die Augen und nach mehrmaligen Schlucken antwortete sie, mühsam nach Fassung ringend. „Du musst dich für nichts entschuldigen. Als du unsere Anika gerettet hast, hättest du auch selbst sterben können! Für mich bist du Schutzengel und Held in einem!" Sebastian schüttelte mit dem Kopf. „Ich bin kein Held und war nur zufällig zur rechten Zeit am rechten Ort! Wie geht es überhaupt Anika?" „Ihre Verletzungen sind zum Glück viel weniger schwer als gedacht. Sie wird daher schon in wenigen Tagen aus dem Krankenhaus entlassen. Ihre Oma wird dann sofort bei ihr einziehen, ich vielleicht auch, aber darüber müssen wir noch reden."

„Das ist wirklich eine positive Nachricht. Ich möchte aber nicht, dass Anika erfährt wer sie aus dem Auto geholt hat. Dann habe ich noch einen guten Rat. Auch wenn Anikas Verletzungen schnell verheilen, die Wunden in ihrer Seele werden viel länger brauchen. Sie soll ruhig hierher zum Kloster kommen und mit den Nonnen reden. Über ihren Schmerz, ihr Trauer und alles was sie sonst noch bewegt. Ich kann aus eigener Erfahrung sagen, dass es hilft – sehr sogar!"

Sahra kam nun aus dem Staunen nicht mehr heraus. Solche reifen und verständnisvollen Worte gerade aus dem Mund eines fünfzehnjährigen Jungen, der selbst das Erlebte verarbeiten musste, hatte sie niemals erwartet!

„Ich danke dir nochmals für deine Hilfe und deinen guten Rat den ich auch natürlich an Anika weitergeben werde. Ich wünsche dir alles Gute und wir werden uns bestimmt wiedersehen!"

„Das glaube ich auch. Sie wohnen ja hier direkt gegenüber und bei uns in der Schule sitze ich momentan direkt neben Anika."

Sahra verabschiedete sich jetzt und verließ das Kloster. Sie konnte aber nicht wissen, dass dieser Besuch eine sehr große Bedeutung haben würde! Sebastian ging in seinem Zimmer zum Fenster und starrte ganz in Gedanken versunken hinunter auf die andere Straßenseite – direkt in das große Wohnzimmer der Familie Strelemann!

Sahra ging zu ihrem Auto und lehnte sich erst einmal dagegen. Sie sah nachdenklich zum Kloster hinüber und fühlte sich dabei klein und unscheinbar gegenüber dem Gotteshaus.

Zwei Tage waren vergangen. Zwei Tage die den Polizeidirektor Krone beinahe an den Rand der Verzweiflung brachten. Alle Ermittlungen liefen auf Hochtouren – bloß die Ergebnisse blieben aus!

Bei Kommissar Steinbach hatte sich nur folgendes herauskristallisiert: Stefan hatte wirklich Suizid begangen, wie ganz eindeutig von der Rechtsmedizin festgestellt wurde. In der Wohnung wurden weder PC, Laptop, Tablet oder ein Handy gefunden. Die auf den AB gesprochene Warnung der immer noch unbekannten Frau, konnte leider nicht zurückverfolgt werden. Die Stimmenanalyse hatte ergeben, dass es wahrscheinlich eine Frau im Alter zwischen 30 und 40 Jahre war. Die Stimme wurde ganz deutlich von Angst und Verzweiflung geprägt.

Herr Krone und seine Mitarbeiter gingen davon aus, dass auf jeden Fall Personen in der Wohnung gewesen waren. Da aber keine Einbruchsspuren zu finden waren, musste jemand einen Schlüssel haben. Der häufigste Ansprechpartner des Chefs war in diesen doch sehr arbeitsreichen Tagen Hauptkommissar von Greut, Chef des in dieser Zeit so wichtigen Drogendezernats und Leiter der Soko „Dreigestirn". Herr Krone rief zum vierten Mal bei ihm an.

„Haben Sie vielleicht positive Neuigkeiten für mich?" „Nicht wirklich Herr Direktor. Die KTU hat ihre Untersuchungen fast beendet. Leider ohne ein brauchbares Ergebnis. Bei dem Kollegen Stefan bin ich nach wie vor mit Ihnen der Meinung, dass er sich aus Angst direkt nach dem Anruf das Leben genommen hat und die auch von der Frau angekündigten Leute doch noch in der Wohnung waren. Ich könnte mir aber vorstellen, dass es die gleichen Männer waren, die Ihren Stellvertreter entführt haben. Die Phantombilder der beiden Männer, welche nach Angaben von Herrn Meier angefertigt wurden, sind auch an alle Mitarbeiter verteilt."

Der Polizeidirektor seufzte. „Das hört sich leider nicht so gut an, wie ich gehofft hatte. Aber ich weiß ja, dass Sie am Ball bleiben. Unterrichten Sie mich sofort, wenn es etwas Neues gibt – egal ob negativ oder positiv. Ich bin später auch zu Hause jederzeit auf dem Handy zu erreichen! Also bis dann!"

„Halt, noch nicht auflegen Herr Direktor! Ich möchte doch noch wissen, wann die von Ihnen angekündigte Verstärkung für meine Soko kommt?!" „Was, die drei Männer sind noch nicht bei Ihnen? Ich kümmere mich jetzt sofort darum."

Damit war das Gespräch nun wirklich beendet. Herr Krone ging richtig wütend ins Vorzimmer zu seiner Sekretärin. „Frau Dreimann rufen Sie sofort bei den Herren Bergkamp und Schuster sowie bei Frau Althoff an. Sagen Sie denen, wenn die von mir bestimmten Mitarbeiter nicht in den nächsten dreißig Minuten bei der Soko von Herrn von Greut erscheinen, dann erscheine ich ihnen als böser

Geist!" Bevor er sich wieder abwenden konnte, hielt Frau Dreimann ihren Chef auf. „Einen Moment noch Herr Krone. Während Sie telefoniert haben, hat der Bürgermeister angerufen. Er wartet jetzt in der Leitung vier auf Sie." Dem Direktor entglitten die Gesichtszüge. „*Auch das noch!*" dachte er. „Ich spreche sofort mit ihm."

Man hörte seiner Stimme aber deutlich an, dass es ihm nicht recht war. Der Polizeidirektor ging in sein Büro und erlöste mit einem Seufzer den Bürgermeister in der Warteschleife.

„Hallo Rainer, was kann ich für dich in dieser frühen Stunde tun?" wollte er natürlich wissen und gab sich dabei betont locker und gelassen.

„Gruß zurück," hörte Herr Krone vom anderen Ende der Leitung. „Ich muss dir leider deine gute Laune verderben. Doch bevor ich anfange zu erzählen, als erstes eine Frage: gibt es neues in Sachen „Dreigestirn"?"

Der Polizeichef war hellhörig geworden und darum fiel die Antwort auch kurz und knapp aus. „Nein, leider nicht! Aber was hast du denn so Besonderes für mich?"

„Gleich zweierlei: Erstens haben die Medien von der Entführung Wind bekommen, was auch nicht weiter verwunderlich ist. So ein Ereignis kommt immer irgendwann raus, obwohl wir uns doch echt alle Mühe gegeben haben, dies möglichst lange hinauszuzögern. Bei mir rief heute Morgen schon der Chefredakteur von der FTZ

(Familienstädter Tageszeitung) an. Ich konnte ihn überreden bis 10:00 Uhr die Füße still zu halten, bis diese Meldung an die anderen Zeitungen und das Radio geht. Gleich bekommst du eine Mail, die ich als offizielle Pressemitteilung geschrieben habe. Schau sie dir genau an und wenn du einverstanden sind, dann geht das so an unsere Pressestellen. Es wäre dadurch sichergestellt, dass wir gute und richtige Statements abgeben."

Der Bürgermeister machte nun eine kurze Pause und ein leises schlürfen deutete darauf hin, dass er wohl einen Schluck Kaffee zu sich genommen hatte. Der Polizeidirektor wurde nun langsam ungeduldig.

„Was ist das Zweite? Ich habe mich heute schon genug geärgert, diese eine Nachricht verkrafte ich auch noch," drängte er nun Herrn Kleinschmidt dazu doch endlich weiterzureden und seine Neugier zu befriedigen.

„Nun mal ganz langsam, ein guter Schluck Kaffee musste jetzt sein. Der zweite Anruf kam vom LKA. Die würden gerne den Fall übernehmen. Ein verstorbener Polizist und dazu auch noch ein entführter stellvertretender Polizeidirektor, damit wären wir überfordert – meinen die! Da will sich bestimmt jemand profilieren, um so bald wie möglich befördert zu werden. Es wäre interessant herauszufinden wer bei euch Beziehungen zum LKA hat. Im Übrigen werde ich natürlich versuchen, eine Einmischung zu verhindern. Wie du weißt, so ganz ohne Einfluss bin ich bei den Kollegen in der Landeshauptstadt nicht. Im Laufe des Tages kann ich dir sicherlich schon mehr dazu sagen. Noch irgendwelche Fragen?" wollte der Bürgermeister wissen.

„Nein, alles klar. Ich warte dann auf deinen Anruf und gebe dir Bescheid, wenn sich bei uns etwas neues ergibt," antwortete Herr Krone und beendete damit das Gespräch.

„Ohne Einfluss ist der Mann bestimmt nicht! Bürgermeister einer großen Stadt, Mäzen und Schirmherr einiger sozialer Einrichtungen und auch noch erfolgreicher Unternehmer. Bin wirklich mal gespannt was er bewirken kann. Außerdem wäre es wirklich interessant zu erfahren wer mit dem LKA gesprochen hat," dachte sich auch der Polizeidirektor.

Dann öffnete er sein Postfach am PC und las die Mail vom Bürgermeister. Er nahm ein paar kleine Änderungen vor und leitete das Statement an seine Pressestelle und die des Bürgermeisters weiter. In immer kürzeren Abständen wanderte sein Blick zum Telefon, mit der vagen Hoffnung, dass sich einer seiner Mitarbeiter mit einer positiven Nachricht an ihn wenden würde. Doch es rührte sich nichts. Seine Laune wurde so schlecht, dass ihm sogar Frau Dreimann nach Möglichkeit aus dem Weg ging. Um 15:10 Uhr klingelte dann endlich das Telefon. Es war der Bürgermeister. „Kleinschmidt hier, hallo Peter." „Hallo Rainer, ich hoffe du hast gute Nachrichten für mich?" „Na ja, so halb und halb. Ich konnte abwenden das wir den Fall abgeben müssen. Aber dafür musste ich mich leider damit einverstanden erklären, dass ein gewisser Oberkommissar Schierling morgen früh in Familienstadt auftaucht, um die Soko bei den Ermittlungen zu unterstützen und uns dann eventuell auch die Ressourcen des LKAs zur Verfügung zu stellen, wenn wir sie denn benötigen sollten. Ich hoffe, du bist mir nicht böse, wenn ich gesagt habe, dass ich auch in deinem Namen spreche. Herr Schierling ist dir und dem Leiter der Soko unterstellt."

Der Polizeidirektor sah aus als hätte nicht in eine, sondern gleich in zwei saure Zitronen gebissen. Gut, dass es der Bürgermeister nicht sehen konnte!

„Na super, dann ermitteln wir also unter Aufsicht des LKAs," erwiderte Herr Krone dementsprechend ungehalten. „Nein, nein, so schlimm wird es schon nicht werden. Er soll dich in allem unterstützen und nicht beaufsichtigen. Außerdem kenne ich Herrn Schierling schon länger persönlich und kann deshalb auch, wenn nötig, eingreifen. So, dass war es für heute. Ich mache jetzt Feierabend, da ich ab morgen für drei Tage zu einer Tagung nach München fliege. Ich melde mich, wenn ich wieder hier bin. Wenn irgendwas Besonderes sein sollte, meine Sekretärin Frau Gruber ist die ganze Zeit im Büro und weiß immer wie sie mich erreichen kann!"

Ohne eine Erwiderung abzuwarten, legte der Bürgermeister dann auf. *„Diese Art von Tagungen kenne ich! Der macht praktisch einen Kurzurlaub auf Stadtkosten, zieht den Kopf aus der Schlinge und drückt mir einen Aufpasser aufs Auge. Einfach super,"* dachte der Polizeidirektor erbost. Er informierte noch Hauptkommissar von Greut und machte dann auch Feierabend.

Sebastian Hagebaum war momentan in der Schule sehr unkonzentriert, denn der Platz neben ihm blieb leer – Anikas Platz! Zwei Tage war es jetzt her, dass ihre Tante bei ihm gewesen war. Wie gerne hätte er **seine** Anika im Krankenhaus besucht, doch das traute er sich nicht. Auch bei ihrer Oma und Tante mal klingeln und nachfragen wollte er nicht. Er hatte einfach Angst, dass es ihm in dieser Ausnahmesituation nicht gelingen würde, seine wahren Gefühle für das schöne Mädchen zu verbergen!

Sebastian hatte das Angebot einen guten Psychologen aufzusuchen, dankend abgelehnt. Er sprach lieber mit Personen, zu denen er absolutes Vertrauen hatte und das waren die Nonnen. Zum Hof von Bauer Henrich nahm der Junge aber einen anderen Weg, um nicht ständig an die Unfallstelle erinnert zu werden.

An diesem Nachmittag hatte Sebastian sich von seiner Vertrauensperson, der Nonne Estefania, überreden lassen, sich doch noch bei den zwei Strelemanns nach Anikas Befinden zu erkundigen. Mit einem unguten Gefühl und sehr zögerlichen Schritten, von den heimlichen Blicken einer stolzen und lächelnden Schwester Estefania begleitet, ging der Junge über die wenig befahrene Straße zum Haus der Strelemanns und klingelte.

Die Sprechanlage knackte und eine Stimme fragte laut: „Wer ist da?" „Hallo, hier ist Sebastian Hagebaum. Ich möchte mich gerne nach Anika erkundigen." Der Türsummer ertönte kurz und er öffnete die Tür.

„Hallo Sebastian, komm doch rein!" es war Sahra, die lächelnd auf ihn zukam, um ihn zu begrüßen. Der Junge trat ein und schloss die Haustür hinter sich, blieb aber im Flur stehen. Sahra kam ganz zu ihm und reichte Sebastian die Hand zur Begrüßung.

„Komm doch weiter, wir beide gehen besser ins Wohnzimmer und setzen uns", meinte sie. Dabei packte sie den Jungen am Arm und zog ihn regelrecht mit sich. Er musste sich auf das Sofa setzen und Sahra nahm in einem Sessel direkt gegenüber Platz.

„Wie geht es dir?" wollte sie dann von ihm wissen. „Danke, mir geht es sehr gut! Ich bin gekommen, um mich zu erkundigen wie es Anika geht." „Ihr geht es schon viel besser. Die Wunden verheilen sehr gut, zumindest die körperlichen und morgen kann sie bereits nach Hause. Ich bin hier und bringe die Wohnung auf Vordermann und meine Mutter ist gerade einkaufen. So ist dann für morgen alles vorbereitet. Anika wird auf jeden Fall die nächsten Wochen nicht in die Schule gehen. Meine Mutter und ich ziehen hier ein. Sie wohl für immer und ich auf eine noch unbestimmte Zeit. So ist sichergestellt, dass ständig jemand für Anika da ist. Schließlich ist sie erst fünfzehn und wir hoffen sehr, dass eine von uns beiden zum Vormund für sie bestellt wird."

In diesem Augenblick öffnete sich die Haustür und Oma Hannah stand mit zwei großen Taschen voller Lebensmittel im Flur. Sie sah fragend zu den beiden herüber und stellte die Taschen ab. Sahra erhob sich, ging zu ihr, fasste sie um die Schulter und sagte:

„Mama, das ist Sebastian! Er ist hier, um sich nach Anika zu erkundigen." Der Gesichtsausdruck von Hannah war unbeschreiblich während sie den Jungen ansah. Sie ging auf ihn zu und hielt ihm die ausgestreckte Hand hin. Sebastian stand natürlich auf und wollte die Oma von Anika mit Handschlag begrüßen. Doch Hannah zog ihn an sich, umarmte ihn und sagte unter Tränen immer wieder: „Danke, danke, danke!"

Der Junge stand stocksteif da und war zu keiner Bewegung fähig. Er sprach kein Wort, sondern ließ sich die Umarmung gefallen und sah dabei direkt in Sahras Gesicht, wo sich auch die Tränen ihren Weg suchten. Als sich Hannah wieder beruhigt hatte, entschuldigte sie sich aber sofort bei Sebastian.

„Es tut mir leid, aber ich konnte jetzt nicht anders! Bitte setz dich doch wieder." Sebastian nahm wieder auf dem Sofa Platz, Sahra im Sessel und Hannah direkt neben ihm.

„Du bist überhaupt der Erste, der sich nach Anika erkundigt. Ich dachte mir, es wäre vielleicht ganz gut gewesen, wenn ihre Freundinnen sie mal besucht oder wenigstens angerufen hätten. Oder auch ihr Freund, wenn sie denn einen hat. Weißt du eventuell mehr darüber?"

Diese zwei mehr oder weniger direkten Fragen kamen von Sahra – und brachten Sebastian damit in große Verlegenheit. Er kratzte sich an seiner Narbe im Gesicht und wusste nicht recht wie er antworten sollte, ohne die Frauen zu enttäuschen.

„Ja, also, das ist so, wie soll ich es sagen," begann Sebastian dann stotternd. Sahra und Hannah sahen sich irritiert an. „Was ist los? Du siehst aus, als möchtest du nicht darüber reden." Der Junge rutschte unruhig auf dem Sofa hin und her. Dabei dachte er an das, was die Nonnen ihm gelehrt hatten: immer nur die Wahrheit sagen! Darum nahm er seinen ganzen Mut zusammen und antwortete den Frauen, auch auf die Gefahr hin sie zu enttäuschen, ganz wahrheitsgemäß.

„Anika ist eine sehr gute Schülerin. Soweit ich weiß hat sie keinen Freund. Aber das muss sie ihnen selber sagen. Gerade mit mir würde sie nie darüber reden. Gute Freundinnen hat sie keine, oder besser gesagt keine mehr."

Sahra fiel ihm sofort ins Wort als sie das hörte. „Was meinst du mit *keine mehr*?" Sebastian bekam einen leicht roten Kopf. „Naja, Anika ist doch eines der hübschesten Mädchen an der ganzen Schule, und in unserer Klasse sowieso. Am Anfang war sie schon mit vielen der Mädels zusammen. Aber nach und nach hat sich Anika dann leider von ihnen zurückgezogen und genießt es offensichtlich, sich mit den älteren Jungs aus unserer Schule zu treffen. Nun sieht man in jeder Pause eine ganze Traube von denen um sie herumstehen. Ich habe auch mitbekommen, dass schon einige von den Mädchen Anika vor zwei, drei der Jungen gewarnt haben. Die würden sich schon bald nicht mehr mit harmlosen flirten begnügen. Auch wenn Anika bald erst sechzehn wird, sie hat doch jetzt schon die Figur einer achtzehn oder neunzehnjährigen. Alle Mädchen meinten es gut, wurden von Anika aber nur laut ausgelacht und mit der bissigen Bemerkung: *kümmert euch doch besser um euren eigenen Kram*, ganz herablassend abgefertigt!"

Als Sebastian jetzt aufhörte zu erzählen, setzte zwischen den dreien ein betretendes Schweigen ein, bei dem sich die beiden Frauen immer wieder ungläubig ansahen. Plötzlich erhob sich der Junge und wollte gehen.

„Es tut mir leid! Ich hätte wohl besser meinen Mund gehalten, aber mir wurde beigebracht immer die Wahrheit zu sagen."

„Nein, nein! Bleib bitte noch und setz dich wieder," wurde er von Hannah aufgehalten. „Du musst uns auch verstehen, denn so wie du uns Anika beschrieben hast, kennen wir das Mädchen nicht. Aber das ist nicht dein Problem."

Sebastian hatte sich wieder hingesetzt und wusste nicht, was die beiden noch von ihm wollten. Das sollte er sofort erfahren.

„Du hast vorhin gesagt *gerade mit mir würde*

sie nicht darüber reden. Was meinst du damit? Das klang so unendlich traurig! Ich habe aber das Gefühl, dass Anika dir nicht gleichgültig ist. Habe ich recht?"

Die letzten beiden Sätze sprach Sahra leise und vorsichtig aus. Die Oberkommissarin hatte ein sehr feines Gespür für solche Sachen. Diesmal bekam Sebastian schnell einen hochroten Kopf und sah dabei geflissentlich hinunter auf seine Fußspitzen. Es dauerte auch eine Weile bis er antwortete.

„Ja, sie bedeutet mir sehr viel. Ich werde es ihr aber nicht sagen und ich möchte auch sie bitten, ihr nichts davon zu erzählen." Der Junge sah die beiden Frauen auffordernd an. Die schüttelten, wie von ihm erwartet, mit dem Kopf. „Wenn du es nicht selber sagst, von uns erfährt sie es nicht," antwortete Hannah und Sahra nickte nur dazu.

„Zu der anderen Frage kann ich nur sagen: sehen sie mich an! Mein Bein kann ich nicht mehr voll bewegen. Ich kann nur eingeschränkt Sport machen und Fahrrad fahren geht leider auch sehr schwer. Dann sehen sie sich die große Narbe in meinem Gesicht an. Ich werde immer verspottet und gehänselt und von den anderen links liegen gelassen. Dazu kommt noch, dass alle wissen, dass ich Vollwaise bin und im Kloster lebe. Ich habe mich daran gewöhnt und es macht mir nicht mehr viel aus. Es lässt aber nach, weil alle schon gemerkt haben, dass die ganze Schikane an mir abprallt. Ich habe nicht genug Geld, bzw. die Nonnen, um mir Markenkleidung zu kaufen. Wenn ich mal Sachen anhabe, die meine Mitschüler noch nicht kennen, dann kommt häufig der Spruch:

Na Sebastian, heute Nacht wieder Container nach Klamotten abgesucht? Alles was ich mir selbst kaufe muss ich mir durch Arbeit auf dem Bauernhof verdienen."

Sebastian beendete die emotionale Rede mit Tränen in den Augen. Daran konnte man erkennen, dass ihm die fiesen Sprüche seiner Mitschüler doch nicht so egal waren wie er hier vorgab. Sahra und Hannah waren erschüttert und zu keinem Wort fähig. Sie mussten nun erst einmal verdauen was Sebastian ihnen gerade erzählt hatte, sowohl über sich selbst als auch das Mädchen betreffend. Der Junge unterbrach nun dieses bedrückende Schweigen und stand auf.

„Ich muss jetzt wirklich gehen und hoffe, dass sie nicht zu sehr enttäuscht sind über das was ich ihnen gerade erzählt habe. Vielleicht ist es aber auch gut, dass jemand von Anikas Familie erfährt, wie sie sein kann."

Sebastian verabschiedete sich von den beiden Frauen und konnte dabei aber nicht verhindern, dass er von Oma Hannah noch einen Kuss auf die Wange bekam. Von Sahra bekam er nur ein leises *„vielen Dank"* zu hören. Sie war immer noch dabei, das gehörte zu verarbeiten. Der Junge ging zur Wohnungstür, aber bevor er dann endgültig hinaus ging drehte er sich noch einmal um. „Wenn Anika wieder klar denken kann, dann versuchen sie beide doch bitte, sie zu warnen. Zwei oder drei von den Jungs, mit denen sie sich trifft, traue ich wirklich alles zu! Einer von denen soll sogar mit Drogen dealen! Sie spielt ein gefährliches Spiel und ich kann sie nicht beschützen."

„Sagtest du gerade, dass an deiner Schule vielleicht mit Drogen gedealt wird?" Sahra war bei diesem Begriff sofort ganz hellhörig geworden. Sie war schließlich bei der Polizei im Drogendezernat und hatte natürlich auch von diesem riesigen Drogenfund gehört. Näheres wusste sie aber leider nicht. Sie hatte Urlaub und brauchte aber aus den bekannten Gründen einen freien Kopf.

Auf dem kleinen Flur war direkt neben der Wohnungstür die Garderobe. Sahra ging hin und nahm nun aus ihrer dort hängenden Tasche eine weiße Visitenkarte und reichte diese an Sebastian weiter.

„Hier hast du meine Karte mit der privaten Handynummer und auch die von der Dienststelle im Kommissariat nebst Mailadresse. Wenn du irgendwas siehst oder hörst was du mit Drogen im Zusammenhang bringen kannst, dann ruf mich bitte an. Jede Kleinigkeit kann wichtig sein."

Sebastian drehte die Visitenkarte von Sahra zwischen den Fingern hin und her. „Das würde ich sehr gerne machen, aber ich kann Sie immer erst dann anrufen, wenn ich im Kloster bin. Mein altes

Handy geht leider nicht mehr und ich spare für ein neues."

„Das ist nicht schlimm, Hauptsache du kannst mich dann jederzeit erreichen. Außerdem wohne ich doch nur wenige Meter von dir entfernt. Dann können wir uns auch mündlich verständigen." Das Sahra sich sofort vorgenommen hatte, Sebastian schnellstmöglich ein neues Handy zu schenken, verschwieg sie absichtlich.

Der Junge nickte und verließ daraufhin endgültig die Wohnung, wobei er von Hannah mit einem leisen „bis bald" auf den Weg geschickt wurde. Hannah und Sahra sahen sich an.

„Es ist einfach unglaublich, was er uns eben erzählt hat," meinte Hannah, die immer noch ziemlich geschockt wirkte. „Da hast du recht", erwiderte ihre Tochter. „Ich kann es nicht erklären, aber ich bin auch absolut überzeugt davon, dass Sebastian nicht übertrieben und er uns wirklich die Wahrheit gesagt hat! Wir müssen ein wachsames Auge auf Anika haben, dürfen mit ihr aber auch momentan nicht über das reden, was wir eben erfahren haben. Ich werde morgen früh, bevor wir sie um 10:00 Uhr aus dem Krankenhaus abholen, bei ihr in der Schule anrufen. Ich kenne dort eine Lehrerin und einen festen Termin bei ihrem Klassenlehrer will ich auch haben."

Hannah nickte und warnte ihre Tochter aber auch gleichzeitig. „Pass aber bitte auf, dass du dich dann nicht dazu hinreißen lässt, Sebastian zu erwähnen! Wir dürfen ihn nicht noch zusätzlich in Schwierigkeiten bringen."

Der Junge, um den es sich drehte, stand schon vor dem Haupteingang des Klosters und hielt die Visitenkarte von Sahra in der Hand. Er sah darauf bis die Nummern und der Text vor seinen Augen verschwammen. Irgendwie war Sebastian sogar ein wenig stolz auf das was Sahra zu ihm gesagt hatte. Schließlich war er doch jetzt praktisch ein Vertrauter der Polizei, sozusagen auch als privater Ermittler Undercover unterwegs. Es war Sebastian in diesem Moment aber gar nicht bewusst, wie gefährlich das werden konnte!

Kriegsrat in dem bekannten alten Haus am Rande von Familienstadt. In der bald aufkommenden Dunkelheit hatte sich das berüchtigte und von allen Polizisten gesuchte Dreigestirn zu einer Beratung versammelt. Sie wollten sich über die nächsten Schritte ihres Syndikats klar werden. In einem Zimmer, das schon einer Befehlszentrale ähnelte, waren Boris und das bereits bekannte Pärchen aus der Dusche versammelt.

„Es ist nur gut," meinte der unbekannte Mann gerade, „dass wir immer vorgesorgt haben und unsere Reserven noch eine Weile reichen. Ich habe heute trotzdem mit einem meiner Kumpel aus vergangenen Tagen telefoniert. Der war mir noch einiges schuldig und er überlässt uns 20kg besten Stoff. Der kommt heute Nacht noch an und kostet nichts. Wir müssen in vier Wochen nur die gleiche Menge wieder bei ihm abliefern. Bis dahin haben wir auch unsere nächste Lieferung."

„Das ist doch super! So kommen wir auch gut zurecht und brauchen uns keine Sorgen darum machen, dass sich bei uns die Russen einbilden, sie könnten zu unserer Konkurrenz werden!" Die Worte kamen von der Frau in dieser Runde. Der Mann wandte sich jetzt an Boris.

„Fährst du später mit Boris zu der Hütte im Wald und nimmst dort den Stoff in Empfang? Es kommen zwei Leute in einem schwarzen Hyundai zwischen drei und vier Uhr. Die beiden brauchen aber nicht zu wissen, dass diese Hütte nur ein sehr guter versteckter Treffpunkt ist und wir sonst damit nichts zu tun haben."

„Ja, das ist kein Problem," erwiderte der so Angesprochene. „Doch wie ist es mit den anderen beiden Problemen? Wie finden wir die undichte Stelle heraus und haben wir eine Chance den beschlagnahmten Stoff wieder in die Hände zu bekommen?" Das Gesicht von Boris war nun ein einziges Fragezeichen. Er war mehr der Mann für das grobe und „handfeste" in dieser Runde und überließ die Pläne schmieden den anderen beiden.

„Wir wissen, dass die undichte Stelle eine von den Frauen sein muss. Wenn sie solch detaillierten Informationen hier an die Bullen weitergeben konnte, muss sie aus unserem näheren Umfeld kommen. Das schränkt die Personenzahl deutlich ein! Ich denke, wir sollten bald gezielt ein paar glaubhafte Falschinformationen gezielt an diese Frauen weitergeben. Mal sehen, ob und wann diese dann bei der Polizei ankommen. Das werden wir doch auf jeden Fall erfahren!"

Diese Idee von der unbekannten Frau fanden auch die beiden Männer gut. „Das werden wir so schnell wie möglich in die Tat umsetzen," meinte der Mann, der eben zuerst gesprochen hatte. „Wir müssen uns jetzt etwas Besonderes und dabei trotzdem absolut Glaubhaftes überlegen. Um unseren beschlagnahmten Stoff habe ich mir auch schon Gedanken gemacht." Der Mann tat jetzt sehr geheimnisvoll und genoss es offensichtlich, dass die anderen an seinen Lippen hingen. „Ihr wisst doch, dass unser Heroin in das ausgelagerte neue Aservatenlager der Polizei gebracht wurde, weil in dem alten Präsidium kein Platz mehr ist. Wir fahren daran jedes Mal vorbei, wenn wir hierherkommen."

„Das wissen wir schon, aber das ist doch mehr gesichert als eine Bank. Wie kommst du darauf, dass wir unseren Stoff daraus bekommen?" wollte Boris wissen. „Nun, wenn dieser Tag gekommen ist, werden unsere beiden Informanten, die dort im Präsidium für uns arbeiten, ihren Dienst im Lager haben. Das können wir ohne große Probleme arrangieren."

War der Mann bis jetzt mit vollem Elan bei der Sache, so musste er nun aber ein Geständnis machen. „Ich weiß auch, dass es nicht ausreicht, sich auf diese beiden Informanten zu verlassen. Es muss nur einer krank werden und schon ist ein guter Plan eventuell hinfällig. Wir müssen uns zusätzlich noch etwas einfallen lassen und das auch noch unter Zeitdruck, denn unser guter Stoff wird, wie ich aus sicherer Quelle weiß, spätestens in drei Wochen verbrannt. Also macht euch mal in eigenem Interesse sehr intensiv Gedanken zu diesem Thema."

Einen Augenblick herrschte Stille in dem Zimmer bis Boris meinte: „Wir werden eine Lösung finden! Bis jetzt konnten wir drei doch noch jedes Problem lösen, wenn wir es bei den Hörnern gepackt haben!"

Das klang so, als wollte er die anderen beiden auf das Vorhaben einschwören. Das war aber nicht nötig, denn Boris hatte nur das ausgesprochen, was die zwei auch dachten. Dann erhob er sich. „Ich rufe Bertram an und hau mich dann noch etwas in die Falle, um frisch zu sein, wenn wir zu dem Treffpunkt fahren." Nach diesen Worten verließ er den Raum zügig ohne ein weiteres Wort.

Auch die Frau erhob sich und wollte zur Tür hinaus, sie blieb aber schon nach zwei Schritten stehen und drehte sich nach dem, immer noch am Tisch sitzenden, Mann um.

„Komm nach oben! Ich weiß etwas wobei wir beide auch besonders frisch bleiben!" Mit einem verführerischen Lächeln knöpfte sie ihre Bluse auf unter der sie keinen BH trug und ging mit wippenden Brüsten zur Tür hinaus.

Drei Tage waren ins Land gezogen und es war Montag. Polizeidirektor Krone hatte wieder einmal schon um sieben Uhr seinen Dienst angetreten. Er war am Wochenende für einige Stunden im Präsidium gewesen, genau wie auch ein kleiner Teil der Soko Dreigestirn. Das Verschwinden von seinem Stellvertreter und der Tod von Kommissar Steinbach, der große Drogenfund, die erfolglose Fahndung nach dem Dreigestirn, alles zusammen verursachte bei Herrn Krone regelrecht Magenschmerzen.

Egal welchen Fall er betrachtete, es ging nicht einen Schritt vorwärts! Etwas Gutes hatte dieses Wochenende aber auch. Der Beobachter, der Spion oder wie immer die Kollegen ihn bezeichnet hatten, lag seit Samstagabend im Krankenhaus. Damit war der vom Bürgermeister angekündigte und vom LKA kommende Herr Schierling gemeint. Der Oberkommissar war leider ausgerutscht und hatte sich das Bein gebrochen. Das war für diesen Mann bedauerlich, doch jeder der Kollegen/innen war innerlich froh den Kotzbrocken los zu sein. Dieser Mann war so arrogant und überheblich aufgetreten, dass niemand mit ihm arbeiten wollte. Herr Krone hatte aber heute die große Hoffnung, dass sich einiges ändern würde. Er setzte ganz viele Erwartungen in Frau Strelemann. Nach einer kurzen Einweisung sollte sie die Leitung der Soko Dreigestirn übernehmen. Nachdem der Polizeichef doch ziemlich frustriert einigen notwendigen

Papierkram erledigt hatte, war es soweit, dass sich seine Sekretärin bei ihm meldete.

„Guten Morgen Herr Krone, möchten Sie einen Kaffee?" „Ja, danke. Wenn sich Frau Strelemann zum Dienst meldet, soll sie sofort in mein Büro kommen." „Sie kommt also heute wieder?" fragte Frau Dreimann. „Ja, sie soll sofort die Leitung der Soko Dreigestirn übernehmen," erwiderte der Polizeichef.

„Prima," meinte seine Sekretärin, die Frau Strelemann flüchtig kannte. „Dann ist ja die richtige Frau an der richtigen Stelle!" „Ganz meine Meinung," bestätigte der Polizeichef die Aussage von Frau Dreimann, die jetzt das Büro verließ, um Kaffee zu kochen. Keine zwei Minuten später klopfte es an der Bürotür und Oberkommissarin Sahra Strelemann trat ein.

„Guten Morgen Herr Direktor. Mir wurde durch Herrn von Greut ausgerichtet, dass ich zu Ihnen ins Büro kommen soll."

Der Polizeichef erhob sich sofort und ging schnell und freundlich lächelnd, mit ausgestreckter Hand auf Sahra zu. Doch auf einmal nahm sein Gesicht einen ernsten Ausdruck an.

„Hallo Frau Strelemann, ich freue mich natürlich sehr Sie heute hier zu sehen! Gleichzeitig möchte ich Ihnen aber mein aufrichtiges Beileid aussprechen. Wie geht es Ihnen und fühlen Sie sich wirklich in der Lage Ihren Dienst anzutreten?"

„Ich bin in der Lage und auch bereit wieder voll

zu arbeiten und glaube sogar, dass es mir helfen wird, die ganzen schrecklichen Ereignisse in den Hintergrund zu drängen. Die ersten Tage waren sehr schlimm, zumal ich ja auch noch das Leid meiner Nichte mitansehen musste. Sie wurde bei dem Unfall auch verletzt, konnte aber zum Glück schon wieder nach Hause. Während ich hier arbeite wird sie von meiner Mutter, also ihrer Oma, betreut. Diese trauert natürlich auch, denn sie hat eins ihrer Kinder verloren, aber sie zeigt es uns nicht. Sie will doch ihrem einzigen Enkelkind auch Mut machen für die Zukunft, Mut zum Leben, auch wenn ihre Eltern viel zu früh gestorben sind."

Sahra hatte ungewollt viel mehr erzählt als sie eigentlich wollte und musste deshalb ungewollt gegen ihre aufsteigenden Tränen ankämpfen. Herr Krone bemerkte das, aber er ging bewusst nicht darauf ein, denn er war einfach nur sehr froh seine beste Ermittlerin wieder an Bord zu haben.

„Es ist wirklich sehr gut, dass Sie ab heute wieder hier sind, Frau Strelemann. Ich ernenne Sie hiermit zur Leiterin der Soko Dreigestirn. In meiner offensichtlich zu langen Abwesenheit hatte mein Stellvertreter dem Kommissar Steinbach diese Leitung übertragen. Dazu hätte ich aber unter keinen Umständen mein Einverständnis gegeben! Da Kommissar Steinbach leider verstorben ist, habe ich mit Ihnen endlich die richtige Person an der richtigen Stelle!"

„Steinbach ist tot? Was ist passiert? Ich habe

die Berichte in den Medien nicht mit meiner größten Aufmerksamkeit verfolgt,“ musste die Oberkommissarin zugeben. „Dann setzen Sie sich doch,“ meinte Herr Krone und deutete dabei auf den Stuhl vor seinem Schreibtisch. „Ich werde Sie jetzt erst nur einmal ganz grob informieren, zumal ich glaube, dass alle diese Ereignisse irgendwie zusammenhängen. Über die ganzen Einzelheiten werden Sie dann noch später von Herrn von Greut informiert. Ich habe auch sämtliche Fallakten in Ihr Büro bringen lassen, damit Sie sich zusätzlich einlesen können.“

Dann informierte der Polizeidirektor seine Mitarbeiterin flüchtig über die Ereignisse und die getroffenen, aber leider bisher ergebnislosen, Maßnahmen. Nach nur fünf Minuten summte die Sprechanlage auf dem Schreibtisch.

„Hatte ich nicht gesagt, dass ich nicht gestört werden möchte?“ sprach Herr Krone etwas unwirsch in das Mikrofon, ohne abzuwarten, was Frau Dreimann von ihm wollte.

„Hier wartet Besuch für Sie Herr Direktor. Ich glaube es macht Sinn ihn zu empfangen solange Frau Strelemann bei Ihnen ist.“

„Wie kommen Sie denn darauf? Wer ist es denn?“ „Jemand vom LKA als Ersatz für den Herrn Schierling.“ Dem Polizeichef verschlug es jetzt für einen Moment die Sprache. Damit hatte er nicht gerechnet. Sahra sah ihn erstaunt an. Was war hier los? Vom LKA hatte ihr Chef nichts erzählt.

„Na gut, dann soll das LKA jetzt mal reinkommen!" Nur wenige Augenblicke später klopfte es kurz an der Tür und auf das laute „herein" vom Polizeichef ging die Bürotür auf und das LKA, so von Herrn Krone bezeichnet, trat ein. Sahra und ihr Chef bekamen große Augen, als sie sahen wer da jetzt hereinkam. Es war eine Frau von ca. 170 cm Größe und sehr sportlicher Figur. Sie war dunkelhäutig und hatte kurze schwarze Haare und Augen in der gleichen Farbe. Kurz gesagt, sie war das, was man als dunkelhäutige Schönheit bezeichnete. Sie ging mit einem freundlichen Lächeln auf den Lippen zum Polizeidirektor und begrüßte ihn.

„Guten Morgen Herr Direktor!" Dann wandte sie sich an Sahra. „Guten Morgen Frau Strelemann. Mein Name ist Jasira Schmitz-Mbele. Ich bin Kommissarin beim LKA und Ihnen," dabei sah sie dem Polizeichef direkt in seine Augen, „zur Unterstützung in diesem doch besonderen Fall zugeteilt!" Dabei betonte die Kommissarin das Wort „Unterstützung" extra mehr als deutlich. Der Polizeichef nahm den Ball auf, der ihm von Jasira zugespielt wurde.

„Ich hatte nicht mehr damit gerechnet, dass doch noch jemand vom LKA kommt. Natürlich freue ich mich, dass wir noch eine zusätzliche erfahrene Polizistin in diesem schwierigen Fall an unserer Seite haben. Sie haben sicherlich auch von meiner Sekretärin Frau Dreimann erfahren, dass Oberkommissarin Sahra Strelemann von mir seit heute als allein verantwortliche Leiterin der Soko Dreigestirn, bei der Sie unterstützend mitarbeiten werden, eingesetzt wurde. Vorher ging das leider nicht. Frau Strelemann wurde von mir mit allen Sondervollmachten ausgestattet und ist dabei ausschließlich mir verantwortlich."

Den letzten Satz richtete er dabei direkt an die erstaunte Oberkommissarin. Es war aber auch absichtlich gleichzeitig ein versteckter Hinweis an Frau Schmitz-Mbele, dass sie es hier mit der besten Ermittlerin des Präsidiums zu tun hatte. Die Kommissarin vom LKA sah ihre Teamleiterin mit einem Blick an, in dem sich schon Verwunderung, Erstaunen und auch so etwas wie Bewunderung widerspiegelten. Herr Krone wandte sich direkt an Frau Schmitz-Mbele.

„Ich habe gerade Frau Strelemann grob über die Situation informiert. Gehen Sie bitte gleich mit in ihr Büro. Dort sind auch sämtliche Fallakten und Sie können sich dann zusammen einarbeiten. Dabei lernen Sie dann auch Herrn von Greut, den Leiter des Drogendezernats, kennen." Mit diesen Worten waren die beiden Frauen entlassen. Sie verließen jetzt das Büro durch die zweite Tür und machten sich direkt auf den Weg zu Sahras Büro. Diese machte ihre neue Kollegin dann unterwegs auf das eine oder andere aufmerksam. Ansonsten sprachen die beiden kein Wort miteinander. Jede hing ihren Gedanken nach. In Sahras Büro waren alle Mitglieder der Soko versammelt, auch wenn es dadurch sehr eng geworden war. Das ging auf Initiative von Herrn von Greut zurück und war notwendig geworden, da Sahra noch nicht genau wusste, wer der Soko angehörte.

Es waren acht Personen, drei Frauen und fünf Männer. Als die Frauen dann zur Tür hereinkamen, verstummten sofort alle Gespräche und nicht nur die fünf Männer warfen erstaunte, ja bewundernde Blicke auf die zwei wirklich bildhübschen Frauen – so gegensätzlich sie natürlich auch waren. Sahra stellte sich nach einem kurzen Blick in die Runde hinter ihren Schreibtisch. Jasira schloss die Tür und blieb einfach dort stehen.

„Einen schönen guten Morgen wünsche ich ihnen allen. Vorstellen brauche ich mich wohl nicht extra. Jeder und jede weiß wer ich bin, auch wenn hier einige Kollegen oder Kolleginnen von anderen Dezernaten aushelfen. Vorstellen möchte ich euch jetzt eine Kollegin vom LKA, Kommissarin Jasira Schmitz-Mbele, die uns unterstützend zur Seite stehen wird."

Sahra deutete auf die an der Tür stehende Frau. „Guten Morgen! Ich freue mich sehr auf die Zusammenarbeit mit ihnen allen," warf Jasira lächelnd in die Runde. Eine direkte Antwort gab es nicht, nur ein unverständliches leises Gemurmel, was im Prinzip aber alles bedeuten konnte. Die Oberkommissarin ergriff wieder das Wort.

„Ich möchte heute erst einmal nichts an den bisherigen Abläufen ändern. Die Fäden laufen ab sofort nur hier bei mir in diesem Büro zusammen. Ich nehme an, dass jeder weiß warum ich erst ab heute die Leitung übernehme, und darum gehe ich jetzt auch nicht näher darauf ein. Aber sie müssen mir und auch der neuen Kollegin etwas Zeit geben uns einzuarbeiten."

Sahra sah jetzt jede anwesende Person nach und nach direkt an. „Das Glück eines Polizisten besteht aber nicht darin, wenig oder gar keine Probleme zu haben, sondern sie zu überwinden und von ihnen zu profitieren. Nach diesem Spruch meines Ausbilders habe ich bisher in meinen ganzen Dienstjahren gehandelt und ich habe als Leiterin dieser Soko nicht vor, daran etwas zu ändern!"

Diesen letzten Satz sprach sie lauter aus. Ihr Gesicht war dabei wie aus Stein gemeißelt und ihre Stimme fegte wie ein eisiger Windhauch durch den Raum. Nichts war jetzt mehr zu sehen von dieser freundlichen und immer lächelnden Sahra Strelemann! Spätestens in diesem Moment begann jeder in dem Raum zu verstehen warum diese Frau hier das Sagen hatte und was sie von ihrem Team erwartete! Jasira Schmitz-Mbele sah die Leiterin der Soko mit großen Augen verwundert an. „Wow! Hier bin ich richtig!" dachte sie. Niemand konnte und sollte ahnen, dass Sahras Worte in erster Linie Motivation für sie selbst sein sollten!

In diesem Moment öffnete sich die Tür und Herr von Greut trat ein. Sahra warf ihm einen Blick zu. „Dann beenden wir jetzt unser erstes Meeting. Morgen früh treffen wir uns um neun Uhr wieder hier. Ihre ganzen Anweisungen für den heutigen Tag haben sie gestern noch von Herrn von Greut bekommen. Ich bin natürlich jederzeit für alle hier erreichbar."

„Noch ein kurzes Wort," meldete sich nun Herr von Greut. „Ich weiß nicht ob Sahra euch darüber in Kenntnis gesetzt hat, aber alle Entscheidungen trifft sie – und nur sie! Ich bin ab sofort nicht mehr euer Ansprechpartner. Sahra hat volle und absolut umfassende Vollmachten vom Polizeidirektor bekommen. Ich kenne Sahra schon viele Jahre und weiß, dass sie die absolut richtige für diesen Job ist. Ihr werdet auch ganz schnell verstehen warum! So, dass war alles. Ich wünsche euch allen viel Erfolg! Ihr könnt jetzt wieder an eure Arbeit gehen. Frau Schmitz- Mbele, Sie bleiben aber bitte noch."

Die Mitglieder der Soko verließen fluchtartig, so schien es zumindest, den Raum. Sie hatten erst einmal einiges neues zu verarbeiten. Herr von Greut hatte aber auch erst durch einen Anruf des Polizeichefs von der Anwesenheit einer LKA-Kommissarin erfahren. Jetzt setzte er sich mit den beiden Frauen an einen der beiden Tische im Büro und besprach mit ihnen möglichst viele Details dieses Falles.

Diese Einweisung von Herrn von Greut dauerte fast eine Stunde. Als er ging und die Tür hinter sich geschlossen hatte, saßen die beiden am Tisch und sahen sich schweigend an. „Das ist aber ein harter Brocken, den wir da vor uns haben," meinte Frau Schmitz. „Da gebe ich Ihnen recht," erwiderte ihre Kollegin mit einem kurzen Blick auf den Aktenstapel, der sich neben ihr stapelte.

„Ich brauche jetzt aber einen starken Kaffee, Sie auch?" wollte Frau Strelemann wissen. „Unbedingt! Ich gehe zum Automaten und gebe einen aus," erwiderte Jasira. Die Oberkommissarin musste lächeln. „Das ist nicht nötig," meinte sie und stand auf. Sahra ging zu einem kleinen Schrank mit nur vier Schiebetüren. Sie öffnete zwei davon und eine Kaffeemaschine war zu sehen, dazu eine Packung Kaffee und alles was man sonst noch brauchte. Während Sahra sich um den Kaffee kümmerte, machte sich Jasira auf den Weg zur Toilette. Das ihr dabei sowohl auf dem Hinweg als auch auf dem Rückweg natürlich sehr neugierige, distanzierte, aber auch viele begehrliche Blicke der neuen Kollegen und Kolleginnen folgten, kannte sie schon. Das war für sie nichts Neues und es war ihr egal.

Als sie dann wieder ins Büro kam, stand eine Kaffeekanne, zwei Tassen, Milch und auch Zucker auf dem Tisch. Frau Strelemann hatte sich schon eingegossen und meinte jetzt freundlich: „Bitte bedienen Sie sich."

Frau Schmitz-Mbele zögerte nicht, goss sich ein und nahm einen kleinen Schluck von dem sehr guten starken Kaffee. Die Oberkommissarin sah ihr wortlos zu. Sahra fand diese Frau die ihr hier gegenüber saß, sympathisch und ungewöhnlich hübsch, aber… „Nun mal heraus mit der Sprache, Frau Schmitz-Mbele. Warum sind Sie wirklich hier? Auf wen sind Sie angesetzt?"

Frau Strelemann lächelte immer noch, was aber vielleicht auch daran lag, dass die Frau vom LKA sich gerade verschluckt hatte und nun nach Luft schnappte. Doch die Stimme der Oberkommissarin war eisig und mit ihrem Blick schien sie die Frau ihr gegenüber zu durchbohren! Wenn Jasira nicht so dunkelhäutig gewesen wäre, dann hätte Sahra erkennen können, dass die Kommissarin einen roten Kopf bekommen hatte!

„Waaas? Wie kommen Sie denn auf sowas? Herr Krone und Ihr Bürgermeister haben ja extra Unterstützung beim LKA angefordert!" Jasira war jetzt ehrlich entrüstet. Diese Behauptung war zwar nicht korrekt, aber das konnte Frau Strelemann ja nicht wissen, weil ihr der Polizeidirektor nichts davon erzählt hatte.

Für die Oberkommissarin war das eine neue Information, aber sie ließ sich davon absolut nicht beirren und griff zum Telefon, um ihren Chef anzurufen. „Hallo Herr Direktor, ich bin es, Frau Strelemann. Gab es für Sie einen ganz besonderen Grund beim LKA für diesen Fall eine Unterstützung anzufordern?"

„Ich soll die angefordert haben? Von wegen!" Dann erzählte ihr der Direktor kurz warum jemand vom LKA hier war. Nach nur etwa zwei Minuten bedankte sich die Oberkommissarin beendete das Gespräch. Sie sah ihre Kollegin an.

„Es ist genauso wie ich es mir gedacht habe – niemand hat Sie angefordert! Also gibt es einen besonderen Grund warum Sie hier bei uns sind!"

In dem schönen Gesicht von Jasira arbeitete es. Sie führte einen innerlichen Kampf. Das nahm die Oberkommissarin wahr und sehr feinfühlig wartete sie deshalb auf eine Antwort.

„Sie scheinen schlechte Erfahrungen mit dem LKA gemacht zu haben?" fragte Frau Schmitz-Mbele. Sahra nickte nur. „Ich auch!" Jetzt bekam Frau Strelemann große Augen, sagte aber nichts dazu. „Ich gebe Ihnen mein Wort darauf, dass ich nicht hierhergekommen bin, um Sie oder jemand anderen auszuspionieren. Ich bin nur durch Zufall darauf gestoßen, dass bei uns im gesamten LKA eine ziemlich große Mauschelei im Gange ist. Sehr reiche und einflussreiche Persönlichkeiten ist es wohl gelungen mit dem vielen Geld einige Beamte unserer Behörde zu beeinflussen! Doch um das zu beweisen, brauche ich wasserdichte und nicht zu widerlegende Beweise."

Jasira hielt inne und trank nachdenklich einen Schluck Kaffee. „Alles was ich Ihnen erzähle, bleibt ganz bestimmt unter uns zwei?" Frau Strelemann erwiderte: „Sie haben mein Wort, niemand erfährt etwas von unserem Gespräch!" Einer spontanen Eingebung folgend hielt sie Frau Schmitz-Mbele ihre Hand hin. „Ich bin für dich Sahra – wenn du das möchtest." Die Frau vom LKA strahlte sie mit ihren großen Augen an. Mit sowas hatte sie nicht gerechnet.

„Natürlich möchte ich das! Sehr gerne! Das ich Jasira heiße weißt du ja." Damit war ein Pakt besiegelt – ein ganz besonderer wie sich schon bald herausstellen sollte.

„Ich würde es mal so formulieren, dass ich strafversetzt wurde," setzte Jasira das Gespräch fort. „Bei meinem letzten Fall bin ich zwei dieser einflussreichen Personen und auch einem oder mehreren der hohen Beamten im LKA wohl zu nahegekommen. Jedenfalls erhielt ich irgendwann völlig überraschend von meinem Vorgesetzten die Anweisung mich ganz auf meinen aktuellen Fall zu konzentrieren und nicht mehr den unbescholtenen Bürgern nachzustellen. Als ich mich auch noch bei höherer Stelle beschwert habe, entzog man mir der Fall. Drei Tage später wurde ich in das Büro von dem Kollegen gerufen, der dann meinen Fall übernommen hatte. Der sagte ganz unverblümt zu mir: *Weißt du Jasira, du bist so hübsch und hast so eine tolle Figur. Sei ein bisschen nett zu mir und ich sorge dafür, dass du wieder an dem Fall mitarbeiten darfst!*" Danach griff er mir mit beiden Händen an die Brüste. Ich war so geschockt, dass ich erst nicht reagieren konnte, doch dann habe ich ihm so eine gescheuert, dass er mit dem Kopf gegen die Wand knallte. Dann bin ich sofort raus

aus dem Büro. Nur 30 Minuten später wurde ich dann zum Dezernatsleiter zitiert, der mich nicht begrüßte, sondern gleich zum Thema kam. *„Ich wurde gerade eben von ihrem Kollegen darüber informiert, dass Sie plötzlich gegen ihn ohne Grund gewalttätig geworden sind, weil er jetzt ihren Fall übernommen hat. Der Kollege verzichtet großzügig auf eine Anzeige und hat mich aber auch wegen ihrer bisherigen hervorragenden Leistungen und Erfolgen davon überzeugt kein Verfahren gegen Sie einzuleiten. Ich bedaure sehr, Sie so falsch eingeschätzt zu haben. Am Montag melden Sie sich um 8:00 Uhr bei Direktor Krone im Polizeipräsidium Familienstadt. Dann kann hier erst einmal Gras über die Sache wachsen. Das war alles. Sie können gehen!"*

„Auch wenn Sie mein Vorgesetzter sind, werde ich diese von vorne bis hinten frei erfundene und gelogene Geschichte nicht hinnehmen. Ich bekomme doch nicht einmal bei Ihnen Gelegenheit die wahre Geschichte zu erzählen. Aber das liegt wohl daran, dass dieser Kollege der jüngste Bruder ihres Schwagers ist."

Da schrie er mich an: „Ich habe hier nur die Wahrheit gehört! Sie wollen doch die Gelegenheit nutzen, um Ihren Kollegen schlecht zu machen! Raus jetzt, bevor ich es mir überlege und doch noch ein Disziplinarverfahren gegen Sie einleite!"

So, das ist meine Geschichte. Jetzt weißt du auch warum ich hier bin."

Sahra war sprachlos. Sowas hatte sie noch nie gehört. „Du musst etwas unternehmen! Das darf einfach so nicht durchgehen!"

Jasira nickte zustimmend. „Ich werde ganz sicher etwas unternehmen, aber an wen ich mich wende, weiß ich noch nicht. Bei uns im LKA traue ich niemanden mehr. Ich war ganz nahe dran die Namen von fünf Beamten im LKA und von einem hier in eurem Präsidium zu bekommen. Doch mein Informant ist leider schon seit einigen Tagen verschwunden. Ich muss leider das Schlimmste für ihn befürchten!"

„Da hast du aber in ein Wespennest gestochen! Schade nur, dass du noch keine Namen hast und in der Angelegenheit mit deinem Kollegen steht es leider Aussage gegen Aussage. Du solltest aber die interne Ermittlung einschalten."

„Wie gesagt, ich muss erst ganz genau wissen wie die nächsten Schritte in dieser Angelegenheit aussehen und ich will auch meine beiden Trümpfe nicht zu früh auf den Tisch legen."

Das Gesicht der Oberkommissarin war ein einziges Fragezeichen. Jasira musste lachen als sie das sah. „Du bist echt noch hübscher als ohnehin, wenn du diesen Gesichtsausdruck hast!" Sahra bekam jetzt einen knallroten Kopf während ihre Kollegin weitersprach.

„Als mir der Fall entzogen wurde, hatte ich gerade noch die Zeit alle Daten und Fakten von meinem PC auf einen Stick zu ziehen, bevor diese bei mir gelöscht und auf den PC des Kollegen gespielt wurden. Ich habe den Verdacht, dass in einigen Tagen diverse Änderungen darin zu sehen sein werden! Den ganzen Papierkram habe ich immer noch extra für mich kopiert — auch wenn das verboten ist. Ich hatte aber die ganze Zeit das Gefühl in mir, dass ich absolut richtig gehandelt habe, denn es wurde für mich immer deutlicher, dass ich dort niemanden mehr trauen konnte. Wenn mein Informant schon fünf Namen für mich hatte, wie viele waren es dann in Wirklichkeit? In der Angelegenheit mit dem Kollegen und dem anschließenden Gespräch mit meinem netten Vorgesetzten habe ich jedoch Aufzeichnungen auf dem Handy, die sehr gut geworden sind."

Sahra war wirklich sehr beeindruckt von Jasiras weiser Voraussicht, Erfahrung, Inspiration oder was auch immer. „Ich weiß aber auch was du noch machen kannst, nein, unbedingt machen musst. Du solltest Herrn Krone alles so erzählen wie mir! Ihm kannst du unbedingt vertrauen. Wenn er dir helfen kann, dann macht er das auch! Das solltest du aber so bald wie möglich machen, denn wer weiß wie schnell hier irgendwelche Gerüchte den Weg zu uns finden. Soll ich bei ihm anrufen und fragen wann er Zeit für uns hat?"

Jasira wurde es flau im Magen und sie zögerte lange mit der Antwort. „Mir ist nicht ganz wohl bei der Sache, aber ich kann jetzt jede Unterstützung brauchen. Also ruf ihn an, aber sag ihm auch, dass eine Spur hier in sein Präsidium führt." Die Oberkommissarin griff zum Telefon und rief ihren Chef bereits zum zweiten Mal an diesem Morgen an. Herr Krone staunte aber nicht schlecht als sie um ein Gespräch unter sechs Augen bat, doch er war damit einverstanden. Sahra beendete das kurze Telefonat und wandte sich an Jasira.

„Der Direktor ist einverstanden. Wir brauchen aber nicht zu ihm, sondern er kommt um 14:00 Uhr zu uns. In einer Stunde ist es auch Zeit für eine Mittagspause. Bis dahin können wir uns durch ein paar Akten arbeiten. In der Pause muss ich kurz in die Stadt und ein Handy kaufen."

„Ist dein Handy kaputt?" wollte Jasira wissen. „Nein, es ist für jemand anders." Bei diesen Worten nahm ihr Gesicht einen sehr traurigen Ausdruck an, was Jasira sofort und verwundert registrierte.

„Was macht dich plötzlich so traurig, wenn ich das fragen darf?" Sahra schwieg einen Moment und meinte dann: „Komm doch in der Pause mit in die Stadt, dann erzähle ich dir unterwegs warum ich erst jetzt zur Leiterin der Soko ernannt wurde. Dies erklärt wohl auch meine Traurigkeit, die mich immer wieder überfällt."

In der Pause ging Sahra mit der neuen Kollegin in ein nicht weit entferntes Einkaufszentrum und kaufte da ein gutes Handy für Sebastian mit einer aufladbarer Karte. Als sie auf dem Rückweg waren erzählte die Oberkommissarin ihrer Kollegin was sie in den letzten Tagen durchgemacht hatte. Da

Sahra dabei ihr Tränen nicht zurückhalten konnte, zog Jasira sie sanft in einen Hauseingang und umarmte sie ganz fest.

„Du bist eine so starke und wunderbare Frau, aber manchmal müssen Tränen sein! Lass ihnen freien Lauf, ich halte dich", flüsterte sie in Sahras Ohr. So standen die beiden mehr als fünf Minuten in dem Hauseingang. Für alle die vorbeikamen, waren sie nur ein Pärchen das sich in den Armen lag. Die beiden jedoch verband in diesen Moment eine neue, seltsame gefühlte Vertrautheit und das obwohl sie sich erst seit ein paar Stunden kannten. Als sie sich dann voneinander lösten, nahm Jasira ein neues Taschentuch aus ihrer Handtasche und trocknete Sahra damit vorsichtig ihre Augen und das Gesicht. Die ließ sich das gefallen, sehr gerne sogar! Was die Oberkommissarin aber selbst am meisten erstaunte. „Danke," sagte sie darum leise zu Jasira. „Komm lass uns jetzt gehen. Die Pause ist bald vorbei und es dauert nicht mehr lange bis der Chef kommt."

Die letzte Strecke bis zum Präsidium legten sie schweigend zurück. Wieder im Büro meinte Sahra: „Wir müssen unbedingt versuchen die unbekannte Frau zu finden, die diese Warnung auf den AB unseres verstorbenen Kollegen gesprochen hat! Ich werde einfach das Gefühl nicht los, dass sie uns entscheidend weiterhelfen könnte."

Jasira bestätigte: „Das ist auch meine Meinung! Ich werde mich gleich noch einmal mit der Akte beschäftigen." „Gut, vielleicht findest du ja doch noch einen Hinweis! Ich werde mir noch einmal alle Fotos ansehen, die in seiner Wohnung gemacht wurden. Mein Gefühl sagt mir, dass da bis jetzt irgendetwas übersehen wurde und ich konnte mich immer darauf verlassen!"

Während Jasira sich die entsprechende Akte zur Hand nahm, setzte sich Sahra an den PC und sah sich nun ein Foto nach dem anderen an. Beide waren in ihrer Arbeit vertieft, als die Tür aufging und Herr Krone hereinkam. Das war viel früher als angekündigt.

„Ich sehe, die Damen sind beschäftigt. Unser Gespräch musste ich leider etwas vorverlegen. Ich hoffe doch es passt ihnen beiden?" Ohne auch nur eine Erwiderung abzuwarten, setzte er sich an den halbrunden Besprechungstisch und forderte die beiden Frauen dann mit einer dementsprechenden Handbewegungen auf, es ihm gleich zu tun.

Sahra eröffnete das Gespräch. „Es geht hier um ein persönliches und berufliches Problem von Frau Schmitz-Mbele. Es ist eine sehr außergewöhnliche Sache, die bis hierher zu uns nach Familienstadt reicht. Sie braucht Rat und Hilfe von jemanden dem sie dabei absolut vertrauen kann."

Als der Polizeidirektor die Begriffe persönlich, beruflich und außergewöhnlich zu hören bekam, war er nicht gerade begeistert. Herr Krone kannte aber seine Oberkommissarin gut genug, um auch zu wissen, dass diese ihn nicht ohne besonderen

Grund kontaktiert hatte. Darum forderte er Jasira auf, rückhaltlos alles zu erzählen. Die Kommissarin vom LKA erzählte ihm alles genauso wie sie es Sahra berichtet hatte. Dabei wurde das Gesicht vom Polizeidirektor immer ernster und ernster. Als sie geendet hatte dauerte es eine Weile bevor er antwortete. „Da haben Sie wirklich in ein großes Wespennest gestochen! Gibt es denn Namen und Beweise?"

„Die Namen und auch unwiderlegbare Beweise sollte ich vor vier Tagen von meinem Informanten bekommen, aber der hat sich bis heute nicht bei mir gemeldet."

In dem Gesicht von Herrn Krone arbeitete es. „Sie beide wissen schon, dass ich dieses Gespräch eigentlich nicht führen dürfte und ich mich auf ganz dünnem Eis bewege."

Er sah Jasira jetzt direkt in die Augen. „Ich glaube Ihnen und werde Ihnen gleich erzählen warum. Sie haben keine Namen und Beweise, an diese müssen Sie irgendwie kommen und darum werde ich heute noch bei einem Freund im LKA Düsseldorf anrufen. Der arbeitet dort bei der internen Ermittlung und wird bestimmt einen Tipp für uns haben. Von mir bekommen Sie den Rat von dem aufgezeichneten Gespräch und den kopierten Fallakten mehrere Kopien zu machen. Es gibt dafür aber auch einen besonderen Grund, warum ich mich auf das ganze hier einlasse – und dieser Grund heißt Andreas Hardinger!"

134

Bei den letzten Worten sah er Frau Schmitz-Mbele durchdringend an. Die bekam große Augen und auf ihrer Stirn bildeten sich Schweißperlen.

„Herr Hardinger ist Ihr Informant, nicht wahr?" wollte der Polizeidirektor wissen. Jasira nickte zögerlich. „Aber woher wissen Sie das? Ich habe doch niemals diesen Namen erwähnt." Für die Kommissarin war es einfach unerklärlich woher Herr Krone wissen konnte wer ihr Informant war.

„Bis vor ein paar Minuten wusste ich ihn auch nicht. Ich habe durch Ihren Bericht nur eins und eins zusammengezählt. Herr Hardinger ist ein im Ruhestand befindlicher 63 Jahre alter und hoch dekorierter, alleinstehender Beamter vom LKA." Diese Erklärung galt aber der Oberkommissarin, die bis jetzt eine stille und aufmerksame Zuhörerin gewesen war. Herr Krone wandte sich nun wieder direkt an Jasira.

„Jetzt halten Sie sich fest. Nur 20 Autominuten vom ihrem LKA entfernt sind die drei sogenannten Liebesteiche. An dem größten der drei Seen hat gestern Abend ein Angler Herrn Hardinger aus dem Wasser gezogen. Er war an Arme und Beine gefesselt und ist somit nicht ertrunken, sondern mit einem Genickschuss hingerichtet worden!"

Diese Nachricht löste bei den beiden Frauen augenblicklich Entsetzen aus. Sahra starrte ihren Chef mit offenem Mund an, während bei Jasira Tränen in den Augen zu sehen waren. Bevor aber auch nur eine der beiden etwas sagen konnte, kamen seine Fragen an Jasira. „Wissen Sie mit wem Herr Hardinger auch noch Kontakt beim LKA hatte? Auch er muss doch jemand gehabt haben, der ihn immer mit Informationen versorgt oder ihm sogar Zugriff auf Akten ermöglicht hat?"

Jasira schüttelte den Kopf. „Nein, das hat er mir leider nie verraten. Andreas meinte nur, dass er bereits in seinem letzten Dienstjahr auf etwas unglaubliches gestoßen wäre, das er dann ganz behutsam und sehr vorsichtig verfolgte."

„Wie kam denn Herr Hardinger auf Sie?" „Auch das weiß ich nicht wirklich! Da ich erst kurz beim LKA sei, hätte er mich ganz durchleuchten können und ich wäre doch wie geschaffen dafür, einigen korrupten Polizisten das Handwerk zu legen. Zu den internen Ermittlern könnte er nicht gehen, weil auch dort leider die Möglichkeit bestand, auf einen korrupten Beamten zu treffen. Es müssten aber Ermittlungen durchgeführt werden, die er jetzt von außen nicht mehr machen könnte. Dafür wollte Herr Hardinger mir schon vor vier Tagen alle Fakten, Namen und Beweise übergeben, die er bis dahin gesammelt hatte. Dazu ist es aber leider nicht mehr gekommen. Ich war natürlich auch erst skeptisch und habe nur zugesagt, weil ich das Gefühl nicht loswurde: da ist etwas dran – wie sich ja leider jetzt bestätigt hat!"

„Waren Sie jemals in seiner Wohnung oder er in Ihrer?" „Nein, weder noch. Wir haben auch nie telefoniert und das Internet benutzt. Wenn er mich treffen wollte, hatte ich eine kurze Nachricht bei mir im Briefkasten. Diese waren immer mit W.A. signiert. Hardinger hieß mit seinen Vornamen Andreas Walter. Die Anfangsbuchstaben hat er nur umgedreht. Ich hatte auch nie von mir aus Kontakt zu ihm, das gehörte zur Vereinbarung."

Der Polizeidirektor überlegte kurz. „Sie sind also nur durch Zufall, als Sie in einem anderen Fall ermittelten, auf mehrere Ungereimtheiten beim LKA gestoßen. Herr Hardinger hatte auf eine Ihnen leider nicht näher bekannten Art und Weise davon erfahren und Sie kontaktiert. Kann man das so sagen?"

Jasira nickte. „Genauso ist es!" „Gut, dann kann ich meinem Freund in Düsseldorf das so erzählen, ohne Ihren Namen nennen zu müssen." Jetzt mischte sich auch Sahra ein, die bis jetzt nur stille Zuhörerin gewesen war. „Ich glaube aber wir übersehen dabei etwas wichtiges."

Herr Krone und vor allem Jasira sahen sie fragend an. „1) Jasira, du warst zwar nie in seiner Wohnung, aber bist du sicher, dass Andreas dich in seinen Unterlagen bzw. Akten nicht erwähnt hat? Das LKA wird seine Wohnung bis in den letzten Winkel durchsuchen und wenn die auch nur den kleinsten Hinweis auf dich finden, dann hast du nichts mehr zu lachen! 2) Herr Hardinger war ein alter Hase. Er hat genau gewusst wie gefährlich es war, seine Nase in dieses Wespennest zu stecken. Ich bin mir ganz sicher, dass er für den

Fall der Fälle, der ja leider auch nun eingetreten ist, vorgesorgt hatte. 3) Wir wissen nicht was der oder die Mörder von ihm erfahren haben und ob er oder sie wirklich in Besitz der gerade von mir erwähnten Unterlagen sind. Vielleicht wurde er aber auch durch körperliche Gewalt gezwungen preiszugeben was er wusste. Sollte das so sein, dann ist auch dein Leben, Jasira, in höchster Gefahr! 4)Wenn deine Vermutung stimmt, dass dieser seltsam aufdringliche Kollege in deinen Unterlagen wirklich Veränderungen vornimmt, dann müssen wir das unbedingt herausfinden. Die Wahrscheinlichkeit, dass er dann zu den korrupten Beamten gehört, ist doch wirklich sehr groß. 5) Wenn Herr Harding recht hatte und bei uns ist auch mindestens eine undichte Stelle, haben wir vorerst keine Möglichkeit herauszufinden wer das denn ist. Also müssen wir auch sehr zurückhaltend agieren und alle Schritte, die wir unternehmen dann erst im allerletzten Moment bekannt geben."

Sahra erntete bewundernde Blicke von Jasira und der Polizeidirektor war wieder einmal von dem unglaublichen Sachverstand und auch der schnellen Auffassungsaufgabe seiner besten Oberkommissarin beeindruckt. „Das haben Sie wirklich sehr gut erkannt Frau Strelemann und alles auf den Punkt gebracht," meinte Herr Krone dann auch lobend.

„Da ist aber auch noch etwas an das wir denken sollten," kam es jetzt von Jasira.

„Und das wäre?" wollte der Polizeichef sofort wissen. „Ich bin überzeugt davon, dass die Sache mit den korrupten Beamten vom LKA und Herrn Hardinger einerseits und auch mit den toten und verschwundenen Kollegen und diesem blöden Dreigestirn andererseits, zusammenhängt. Es passt wirklich alles zusammen. Der beinahe schief gegangene Zugriff auf die Drogen und Waffen, dann die Warnung der bisher unbekannten Frau. Ich ziehe den Faden sogar noch weiter. Was wäre, wenn sie die Person ist mit der Herr Hardinger beim LKA-Kontakt hatte?"

Es folgten zwei Minuten, in denen die drei über das eben besprochene nachdachten. „Ich gebe ihnen beiden Recht," meinte Herr Krone. „Jedes ihrer Argumente ist absolut logisch und jede Schlussfolgerung nachvollziehbar. Leider fehlen aber die Beweise, auch wenn wir alle der gleichen Meinung sind." Das Wörtchen **alle** betonte er ganz besonders. „Nach den heutigen Erkenntnissen ist die unbekannte Frau eine Schlüsselfigur. Wir müssen alles tun, um herauszufinden wer sie ist. Wenn sie aber schon aufgeflogen sein sollte, müssen wir leider auch damit rechnen, dass sie nicht mehr lebt! Nun zu Ihnen Frau Schmitz-Mbele. Ich hoffe nicht das vom LKA-Hinweise gefunden werden, die Sie mit Herrn Hardinger in Verbindung bringen. Das andere Problem hat ihre neue

Kollegin Frau Strelemann schon gezielt angesprochen: sollte Herr Hardinger unter Einfluss von Drogen oder Folter sein Wissen preisgegeben haben, sind Sie und auch die Ihnen unbekannte Person, wenn sie noch lebt, in höchster Gefahr. Da es aber keine offiziellen Ermittlungen beim LKA wegen der korrupten Mitarbeiter gibt, kann ich Ihnen keinen Polizeischutz anbieten. Wie sollen wir damit umgehen Frau Schmitz-Mbele?"

„Ich habe keine Angst und kann schon sehr gut auf mich selbst aufpassen," kam es natürlich prompt von ihr zurück. „Das glaube ich Ihnen gerne, aber auch Sie haben hinten keine Augen. Beobachten Sie ihre Umgebung genau, wechseln Sie öfter die Straßenseite und fahren Sie nie direkt nach Hause. Das übliche Schema hilft in solchen Fällen manchmal am besten."

„Nach Hause fahren ist schlecht. Ich muss mir heute nach Feierabend erst noch eine Unterkunft besorgen oder eine Nacht im Auto schlafen."

Bevor der völlig überraschte Herr Krone etwas erwidern konnte, mischte sich Sahra ein und meinte: „Das ist doch kein Problem Jasira. Du ziehst erst einmal zu mir in meine Wohnung. Ich habe mich vorübergehend in die große Wohnung meiner verstorbenen Schwester einquartiert und wohne dort mit meiner Mutter und meiner Nichte."

Normalerweise hätte Sahra niemals ihre Wohnung einer so gut wie fremden Person als Unterkunft angeboten. Doch bei dieser neuen

Kollegin war das irgendwie anderes. Warum, dass konnte sich Sahra selbst nicht erklären. Jasira starrte sie an. „Aber, aber," stotterte sie und kam auch nicht dazu weiteres zu sagen.

„Super, ganz toll. Ich finde es wirklich sehr gut, wie Sie ihrer neuen Kollegin zur Seite stehen," lobte der positiv überraschte Polizeichef seine Oberkommissarin. Er war von dieser neuen Idee regelrecht begeistert und stand auf.

„Sie wissen was zu tun ist und denken sie daran: was in diesem Raum gesprochen wurde, das bleibt auch hier im Raum. Wir sprechen uns morgen." Mit diesen Worten verließ er das Büro. Kaum hatte er sich die Tür hinter sich zugemacht begann Jasira.

„Du, dass mit deiner Wohnung musst du aber nicht machen. Ich…" weiter kam sie nicht denn Sahra unterbrach sie mit einer Handbewegung. „Das ist schon in Ordnung. Ich würde das auch nicht bei jedem machen, aber bei dir ist das etwas anderes! Hast du dein Auto hier bei uns in der Tiefgarage?" Jasira nickte. „Dann packen wir nachher deine Sachen in meins und ich bringe dich zu meiner Wohnung. Dein Auto lass zumindest heute hier stehen und morgen früh hole ich dich dann ab."

Sahras sehr energische Stimme duldete aber keinen Widerspruch und Jasira nickte darum ergeben. „Dann lass uns jetzt weiter an dem Fall arbeiten," meinte nun die Oberkommissarin. Jasira wühlte sich weiter durch die Akten auf der Suche nach den kleinsten Hinweisen zu der unbekannten Frau. Gleichzeitig sah sich Sahra immer und immer wieder die Bilder aus der Wohnung ihres ehemaligen Kollegen Steinbach an. Auf einmal schlug sie mit der flachen Hand so heftig auf den Tisch, dass ihre Kollegin zusammenzuckte.

„Ich habe es gewusst! Jasira, komm und sieh dir das Bild an!" Die kam auch sofort an den Schreibtisch ihrer Chefin. Sieh sah auf den Computer und verzog erst einmal das Gesicht. Sie schaute sofort direkt in die starren und leblosen Augen des ehemaligen Kommissars Steinbach. Kopf, Gesicht und auch alles in seiner näheren Umgebung war mit Blut verschmiert. Aber so sehr Jasira sich bemühte, sie konnte wirklich nicht erkennen was die Aufmerksamkeit von Sahra so erregt hatte.

„Da musst du einer blinden Kuh schon auf die Sprünge helfen," meinte sie dann auch etwas enttäuscht zu ihrer Kollegin. Die lächelte verständnisvoll. „Mir ist es doch auch gerade erst aufgefallen. Sieh nicht auf unseren toten Kollegen, sondern ausschließlich auf das Bücherregal, vor dem er liegt. Erkennst du nun etwas?"

Jasira ließ sich zeit und sah sich dieses Regal gründlich an. Plötzlich stutze sie und sagte: „Jetzt habe ich es auch. Du meinst die Anordnung der Lexika aus der sich der Name Astrid ergibt." Die Oberkommissarin freute sich, dass ihre neue

Kollegin genauso dachte wie sie selbst. Sahra ging sogar noch weiter.

„Sieh noch genauer hin, er hat sogar seine Dienstmarke als Hinweis vor die Bücher gelegt. Da steht nicht nur *Astrid,* sondern auch das Wort *Bunke*. Ich verwette alles was ich habe, dass er noch das Wort *Bunker* hinstellen wollte, aber das *R* war ja schon vergeben."

„Wie kommst du darauf, dass es ausgerechnet *Bunker* ergeben soll?" wollte Jasira verblüfft wissen. „Unser Präsidium wird auch von einigen Mitarbeitern Bunker genannt, weil unser Anbau so aussieht," klärte Sahra ihre Kollegin auf. „Somit ist für mich klar, dass wir hier im Präsidium nach einer Frau mit dem Namen Astrid suchen müssen. Die sollte doch zu finden sein. Da ich keinen Zugriff auf die Personalakten habe, muss uns der Chef dabei helfen."

Die Oberkommissarin griff beim letzten Wort schon zum Telefon und wählte die Nummer vom Polizeidirektor, aber nur um durch die Ansage zu erfahren, dass er nicht mehr im Haus war.

„Der Chef ist nicht mehr im Präsidium, dann müssen wir leider bis morgen damit warten ihn von den Neuigkeiten zu erzählen," erklärte Sahra etwas enttäuscht. Dafür hatte Jasira noch eine Überraschung für sie parat.

„Ich glaube das man Herrn Steinbach ermordet hat und alles dafür getan wurde es als Selbstmord aussehen zu lassen." Sahra war nicht wirklich überrascht von dieser Erkenntnis und fragte nur: „Woran erkennst du das?"

„Es ist doch wirklich sehr seltsam, dass dein ehemaliger Kollege noch von dieser Frau gewarnt wurde und nicht geflohen ist. Das heißt doch nur, dass die Warnung zu spät kam und er zu dem Zeitpunkt bereits tot war. Außerdem wurden doch weder Handy noch Tablet oder PC gefunden. Ich glaube, dass er die Anordnung im Regal schon viel früher getroffen hat. Praktisch als letzten Hinweis für den Fall der Fälle. In seiner Personalakte habe ich auch etwas gelesen, was bis jetzt scheinbar gar nicht beachtet wurde – Herr Steinbach war Linkshänder, aber die Waffe, mit der er sich doch erschossen haben soll, hielt er in seiner rechten Hand! Warum er ausgerechnet vor dem einzigen Bücherregal liegt, weiß ich nicht, aber sieh dir seine Haltung an. Wer sich selbst erschießt, legt sich in der Regel nicht wie aufgebahrt auf den Fußboden, um sich dann zu richten!"

Sahra sah ihre Kollegin bewundernd an. „Einfach grandios, wie du die Fakten erkannt hast! Niemand hat das bisher so gesehen! Wenn du Recht hast, bedeutet es aber auch, dass in der Rechtsmedizin nur Stümper arbeiten, oder der Bericht an uns verfälscht wurde! Dann haben wir unter Umständen schon eine undichte Stelle bei uns im Haus gefunden! Der Direktor wird morgen Bauklötze staunen über das, was wir heute herausgefunden haben. Lass uns jetzt Feierabend machen und nach Hause fahren und du brauchst auch noch Sachen aus deinem Auto holen."

Damit war Jasira absolut einverstanden. Die beiden gingen in die Tiefgarage und holten einen Koffer und eine Sporttasche aus Jasiras Auto, um diese dann in Sahras Wagen zu verstauen. Die Oberkommissarin machte es genauso wie ihr Chef gesagt hatte und nahm dann nicht den direkten Weg zu ihrer Wohnung. Sie warf aber auch immer wieder einen kritischen und prüfenden Blick in den Rückspiegel. Sie fuhr extra auch durch etwas abseits gelegene und nicht sehr viel befahre Straßen, bevor sie ihr Ziel direkt ansteuerte.

Sahras kleine Wohnung lag in der ersten Etage eines Hauses mit insgesamt vier Mietparteien. Sie war gemütlich eingerichtet nicht sehr groß und ganz auf alle Bedürfnisse einer Einzelperson zugeschnitten. Sahra zeigte ihrer Kollegin alles notwendige und übergab ihr die zwei Schlüssel für die Haus- und Wohnungstür. Danach tauschten sie noch ihre Handynummern gegenseitig aus und sie verabschiedete sich dann mit den Worten: „Morgen früh um sieben Uhr hole ich dich ab." „Alles klar und nochmal vielen Dank für alles," erwiderte Jasira.

Sahra setzte sich wieder ins Auto und fuhr jetzt zum Haus ihrer Schwester. Sie ging aber nicht hinein, sondern stellte nur ihr Auto ab und machte sich auf den Weg zum Kloster. Sahra klingelte an der Pforte, musste einen Augenblick warten und erklärte der herbeikommenden Schwester, dass sie nur kurz mit Sebastian Hagebaum sprechen möchte. Die Schwester griff zum Telefon und telefonierte. Nur zwei Minuten später stand Sebastian vor Sahra.

„Hallo Sebastian! Ich habe hier etwas für dich," und hielt ihm mit diesen Worten das gekaufte Handy hin. „Es ist ein Prepaid-Handy mit 50 Euro aufgeladen und ein kleines Geschenk für dich. Damit kannst du mich jederzeit überall erreichen. Meine Handynummer habe ich schon gespeichert – und auch die von Anika," fügte Sahra mit einem Augenzwinkern hinzu.

Sebastian wusste nicht was er sagen sollte. „Aber das kann ich doch nicht annehmen! Das ist doch viel zu teuer!" „Du kannst das Handy ruhig annehmen. Du hast gemerkt wie wichtig es ist, wenn ein Notfall eintritt. Außerdem kannst du mich jederzeit erreichen, wenn du etwas über deine Mitschüler erfährst, falls die wirklich mit Drogen dealen. Lass dich aber nicht auf irgendwelche Abenteuer ein!"

Sebastian wusste nicht was er sagen sollte, darum sagte er einfach nur: „Vielen Dank Frau Strelemann!" Er hatte sich schon nach dem ersten Besuch von Sahra als Helfer der Polizei gesehen und nahm das Geschenk und die Worte von Sahra noch als zusätzliche Motivation.

Die Oberkommissarin verabschiedete sich mit den Worten: „Wir bleiben auf jeden Fall in Kontakt und denk daran, dass du auch jederzeit zu uns kommen kannst, es sind schließlich nur ein paar Meter bis zu dem Haus meiner Schwester."

Sahra ging nun zurück zum Haus. Als sie die Wohnung ihrer Familie betrat, wartete ihre Mutter schon mit einem kleinen Imbiss auf sie. „Hallo Liebes, schön dass du da bist. Wie geht es dir?" mit diesen Worten begrüßte Hannah ihre Tochter und umarmte sie dabei.

„Hallo Mama, mir geht es gut. Wie geht es dir und Anika?" „Es fällt mir sehr schwer vor dem Mädchen so zu tun, als wäre ich stark und alles würde wie von selbst seinen Weg gehen. Anika hat leider den ganzen Tag kaum etwas gegessen. Ich achte aber trotzdem genau darauf, dass sie ihre Beruhigungstabletten nimmt. Sie schläft jetzt, aber ich sehe immer wieder nach ihr, denn auch im Schlaf scheint sie keine wirkliche Ruhe zu finden."

„Die Ärmste! Ich hatte glücklicherweise reichlich zu tun, so dass ich gut abgelenkt wurde. Bei Sebastian war ich eben auch noch und habe ihm ein Handy geschenkt."

„Du machst mich neugierig. Kannst du mir auch etwas erzählen von dem was du gemacht hast?" Hannah wusste natürlich, dass ihre Tochter kaum etwas erzählen durfte. Deshalb diese vorsichtige Frage. „Übrigens hat Anika mich gefragt wer sie gerettet hat. Irgendwie muss sie doch im Unterbewusstsein etwas mitbekommen haben, denn das Mädchen glaubt, eine ihr bekannte Stimme hätte sie angesprochen. Ich habe, wie versprochen, so getan als wüsste ich von nichts."

„Am besten warten wir ab," meinte Sahra nachdenklich und setzte sich dabei an den gedeckten Tisch. „Vielleicht regelt sich alles von allein. Im Übrigen bin ich zur Leiterin einer Soko ernannt worden und eine neue Kollegin vom LKA ist in meine Wohnung gezogen."

Hannah kam nun aus dem Staunen nicht mehr heraus. „Leiterin einer Soko? Ich gratuliere dir! Eine Kollegin in deiner Wohnung? Erzähl!"

Sahra erzählte ihrer Mutter während des Essens alles was diese wissen durfte. Das war Ablenkung für sie beide. Bevor Sahra frühzeitig ins Bett ging, betet sie noch gemeinsam mit ihrer Mutter und sah nach Anika. Die schlief fest, hatte aber ihre Bettdecke auf dem Fußboden liegen. Sahra hob sie auf, deckte ihre Nichte wieder zu und verließ dann leise das Schlafzimmer. Dabei fiel ihr ein, dass sie total vergessen hatte in der Schule anzurufen, um so schnell wie möglich einen Termin mit dem Klassenlehrer von Anika zu vereinbaren. Sie nahm sich aber vor, dieses gleich am nächsten Tag nachzuholen.

Am anderen Morgen fuhr Sahra bereits um vor sechs Uhr aus dem Haus, obwohl sie doch erst um sieben bei Jasira sein sollte. Die Kommissarin hatte sich Mühe gegeben ganz leise zu sein und dann regelrecht aus dem Haus geschlichen nur um

Anika und Hannah nicht aufzuwecken. Sahra fuhr als erstes zu einem Bäcker, der schon geöffnet hatte und kaufte zwei belegte Brötchen sowie zwei Croissants. Ihr war nämlich bevor sie ins Bett gegangen war, eingefallen, dass die Jasira einen leeren Kühlschrank vorfinden würde. Daran hatten beide gestern Abend nicht mehr gedacht. Sahra war jetzt schon um 6:10 Uhr bei ihrer normalen Wohnung, um mit Jasira zu frühstücken. Sie stellte das Auto ab und klingelte. Sahra hätte auch mit ihrem Zweitschlüssel, wie sie es ja bei der Haustür gemacht hatte, öffnen können, aber das tat sie natürlich nicht.

Die Tür ging auf und Jasira stand in der Tür – barfuß, mit nassen Haaren und einem Badetuch um den Körper. Mit der linken Hand hatte sie die Tür geöffnet während die rechte scheinbar das Badetuch hinter ihrem Rücken zusammen hielt. Die Kommissarin vom LKA sah ihre Kollegin an wie einen Geist und stotterte: „Ko, komm doch rein."

Sahra trat ein und schloss die Tür hinter sich. „Entschuldige, dass ich schon so früh da bin, aber mir ist gestern Abend noch eingefallen das der Kühlschrank leer ist und du schon lange nichts mehr gegessen hast. Nur Kaffee gibt es hier noch und darum habe ich etwas zu essen mitgebracht, damit wir heute noch vor unserem Arbeitsbeginn gemeinsam frühstücken können – wenn du damit einverstanden bist." Jasira sah ihre Kollegin immer noch mit großen Augen an und an ihren Füßen bildete sich langsam eine Wasserlache. „Natürlich bin ich einverstanden. Ich finde es super, dass du daran gedacht hast!"

Bei diesen Worten kam jetzt auch ihre rechte Hand hinter dem Rücken hervor – zusammen mit ihrer Dienstwaffe, die sie aber jetzt mit einem verlegenen Blick auf den kleinen Schrank neben der Flurgarderobe legte! Jetzt bekam Sahra große Augen, aber sie nickte anerkennend in Richtung ihrer Kollegin.

„Ich finde es großartig wie du auf deine Situation reagierst und das du so vorsichtig bist! Das ist genau richtig!" Sahras Stimme wurde nicht nur leiser, man hörte auch ein zittern als sie weitersprach. „Du brauchst aber deine Waffe garantiert nicht, denn so wie du dastehst setzt du jeden Verbrecher außer Gefecht," flüsterte sie fast und hatte einen ganz trockenen Mund dabei.

Als Jasira ihre rechte Hand mit der Waffe nach vorne nahm, war auch das Badetuch nach unten gefallen und sie stand jetzt nackt wie Gott sie geschaffen hatte vor ihrer Kollegin! Das war ihr gar nicht bewusst – bis gerade. Schnell bückte sie sich, um das Badetuch aufzuheben, doch Sahra hinderte sie daran. Sie legte ihre freie rechte Hand, in der linken hatte sie die zwei Tüten vom Bäcker, auf Jasiras Arm.

„Bitte, das brauchst du nicht! Du bist so schön," flüsterte Sahra. *„Ich bin doch bescheuert, was erzähle ich denn da?"* dachte Sahra entsetzt, nahm aber ihre Hand nicht von Jasiras Arm. Die Frau vom LKA war bei dieser überraschenden Berührung zusammengezuckt und atmete jetzt schneller, ohne dabei aber den Blick von Sahra zu wenden. Deren Hand blieb auf ihrem Arm liegen und wanderte wie von alleine höher, was bei Jasira einen emotionalen Schauer auslöste und auch zur Folge hatte, dass sich ihre Brustwarzen zu voller Größe aufrichteten. Während dieser ganzen Zeit standen sie sich schweigend gegenüber und ihre Blicke versenkten sich tief ineinander.

Plötzlich senkte Sahra ihren Blick und meinte leise: „Verzeih! Ich glaube es ist besser ich gehe jetzt in die Küche und koche Kaffee für uns." Noch während sie sich abwandte konnte Jasira Sahras Tränen sehen, die ihr über die Wangen liefen.

In der Küche legte Sahra die Tüten auf den Tisch, stützte sich mit den Händen auf ihn ab und ließ ihren Tränen freien Lauf. Auf einmal legten sich von hinten zwei Arme um sie und Jasira flüsterte ihr zärtlich ins Ohr: „Nicht weinen Liebes, nicht weinen, es ist alles in Ordnung.!"

Sahra drehte sich zu ihr um und sagte unter Tränen: „Bitte verzeih mir Jasira! Ich kenne dich doch erst seit gestern, aber ich weiß nicht, was auf einmal mit mir los ist. Am liebsten würde ich vor Scham im Erdboden versinken. Wie soll ich noch mit dir zusammen arbeiten? Du musst mich doch verachten! Ich kenne mich nicht wieder." Dieser letzte Satz klang wie Verzweiflung pur!

Jasira wischte ihr einmal mit der Hand sanft durch das Gesicht und erwiderte leise: „Du musst dich für gar nichts entschuldigen und niemals im Leben würde ich dich verachten! Warum denn auch? Mir geht es doch genauso wie dir! Ich bin auch total durcheinander. Die ganze Nacht habe ich kaum geschlafen, weil ich immer das Gefühl hatte, du liegst neben mir und nimmst mich in den Arm."

Sahra sah sie ungläubig mit ihren von Tränen verschleierten Augen an. „Das kann doch nicht sein! Als ich heute Morgen wach wurde, hatte ich auch sofort dein Gesicht vor Augen und war einfach nur traurig, dass du nicht wirklich neben mir gelegen hast und ich dich in die Arme nehmen konnte!"

Die beiden sahen sich tief in die Augen, Sahra legte jetzt ihre Arme um den Nacken der immer noch nackten Jasira und dann fanden sich ihre Münder zu einem ersten zaghaften Kuss. Sanft und neugierig fanden sich die Lippen der beiden mit der Gewissheit etwas Neues, noch nie erlebtes und vielleicht sogar verbotenes zu tun. Als nach einem Augenblick des Zögerns sich auch die Zungen der beiden suchten und trafen, konnte keine der zwei Frauen ein Stöhnen unterdrücken. Sahra musste sich sehr zusammenreißen, um ihre Hände still zu halten, damit diese nicht den nackten Körper von Jasira zu erkundeten. Im Gegenteil, sie beendete diesen besonderen Augenblick mit vernünftigen Worten.

„Wir müssen jetzt vernünftig sein Liebes," meinte sie zu ihrer neuen Freundin und rieb sich die letzten Tränen aus dem Gesicht. „So schön wie der Augenblick auch ist, aber wir haben nicht mehr viel Zeit, bis wir im Präsidium sein müssen. Wir werden ganz viel Zeit für uns haben – später, wenn du das, genau wie ich, dann auch wirklich möchtest."

„Natürlich möchte ich das! Ich kann es kaum erwarten!" Jasira gab Sahra noch einen Kuss und drehte sich dann um und ging ins Schlafzimmer, um sich anzuziehen – bzw. sie wollte. Denn kaum hatte sie sich von Sahra abgewendet gab diese ihr einen Klapps auf den knackigen Po. Jasira gab einen leisen Schrei von sich, drehte sich um und meinte mit glänzenden Augen: „Du bist eine kleine Teufelin!" Dann ging sie sich endgültig anziehen während Sahra schnell den Kaffee aufsetzte.

Jasira kam nach nur knapp fünf Minuten wieder in die Küche und sah hinreißend aus. Sie hatte eine Jeanshose an, darüber ein weißes T-Shirt welches zum Teil von einer roten Weste bedeckt wurde. Das war auch gut so, denn sie trug keinen BH und das Shirt hatte sich wie eine zweite Haut über ihre großen Brüste gelegt!

Sahra hatte den Tisch gedeckt und der Kaffee war bereits am durchgelaufen. Dabei liefen ihr schon wieder Tränen über die Wangen. Als Jasira das sah, nahm sie Sahras Kopf zärtlich zwischen die Hände und küsste ihr die Tränen weg.

„Was ist los mit dir? Warum weinst du?" wollte

sie natürlich wissen. „Eigentlich weiß ich das selbst nicht. Aber bei allem was hier in letzter Zeit geschah, ist der heutige Morgen mit dir ein so krasser Gegensatz, dass ich Angst habe aus einem wunderschönen Traum zu erwachen!"

Sahra schob ihre Freundin etwas von sich weg und holte noch einmal tief Luft. „Vielleicht mache ich jetzt alles kaputt, wenn ich dir das sage: aber bei mir hat es eingeschlagen wie ein Blitz!" Wieder liefen ihre Tränen wie Sturzbäche die Wangen hinunter. „Bestimmt fühlst du dich jetzt von mir sogar abgestoßen. Aber bis heute war es auch unmöglich für mich zu glauben, dass es sowas gibt, denn ich liebe dich Jasira! Ich habe das noch nie erlebt und hatte bis jetzt auch nur Kontakt mit Männern. Und weißt du was? Es ist mir völlig egal, dass du eine Frau bist. Wenn du damit ein Problem hast, dann sag es mir ganz ehrlich bevor ich mich noch mehr an dich verliere!"

Jetzt liefen bei Jasira die Tränen. „Mir geht es doch genau wie dir: ich habe mich Hals über Kopf in dich verliebt und auch ich habe das noch nie zu einer Frau gesagt. Es ist alles so neu für mich, aber du musst dir keine Sorgen machen, mein Herz schlägt nur für dich. Fühl doch mal wie es rast."

Dann nahm sie Sahras rechte Hand und führte diese zu ihrer linken Brust. Als sie dann die Hand ihrer Freundin spürte, durchzog ein Gefühl ihren Körper das sie nicht beschreiben konnte. Auch Sahra war dadurch hin und weg und konnte der

Versuchung nicht widerstehen die Brust ihrer Freundin zu streicheln und zu massieren. Jasira gab ein sehr lautes „Ja" von sich und faste gleich mit ihren beiden Händen an Sahras Brüste, die sich unter einem Sweatshirt verbargen.

„Du Wahnsinnige," meinte Jasira dann schwer atmend. „Mach du so weiter und ich reiße dir gleich deine Klamotten vom Leib! Egal wann wir dann zur Arbeit kommen!"

Sahra hatte ganz weiche Knie bekommen und wusste nun nicht mehr ein noch aus. Zwischen ihren Beinen tobte mittlerweile ein Vulkan. „Das traust du dich sicher nicht," meinte sie und ging gleichzeitig mit beiden Händen unter das T-Shirt von Jasira und massierte und knetete deren Busen auf das heftigste. Die zögerte nicht, knöpfte mit beiden Händen die Hose von Sahra auf und zog sie mit einem Ruck so weit wie möglich herunter. Mit der rechten Hand tauchte sie ein in das schon nasse, zu allem bereite und heiße Liebesdelta von ihrer Freundin. Mit der linken arbeitete sie sich dabei unter Sweatshirt und BH zum Busen von Sahra vor. Die schrie auf und revangierte sich sofort. Sie knöpfte auch die Hose von Jasira auf, zog sie aber nicht herunter, sondern schob eine Hand hinter Hose und Slip und tauchte ein in den nun ebenfalls mehr als nassen Intimbereich und massierte Jasiras größer werdende Lustperle. Die andere Hand schob das T-Shirt hoch, damit sie mit dem Mund die Brustwarzen bearbeiten konnte!

155

Die rassige dunkelhäutige Frau stieß nun mehrere kurze Schreie nacheinander aus. Es war kaum zu glauben, aber es dauerte nur wenige Augenblicke bis Jasira zum Höhepunkt kam!

„Ja, ich komme! Hör bitte nicht auf, ich komme jeeeeetzt!" Dann verbiss sie sich regelrecht in Sahras Sweatshirt, um damit ihre Lustschreie zu ersticken. Nur wenige Momente später kam auch Sahra. Sie biss sich in den Unterarm als die Lustwellen durch ihren Körper zogen. Die beiden hörten aber nicht auf sich zu streicheln und als dann bei Sahra die Wellen weniger wurden, da kam diese heißblütige Jasira auch schon zum zweiten Mal! Ihre Lustschreie wurden schnell von der sofort reagierenden Sahra mit einem heftigen und wilden Kuss erstickt.

„Du bist mir aber eine," flüsterte sie verliebt nachdem sie sich voneinander gelöst hatten. „Kommst gleich zweimal, da bin ich doch glatt neidisch! Ich finde es toll, dass du dich gleich bei unserem allerersten Zusammensein schon so fallen lassen konntest." Jasira sah sie, immer noch schwer atmend, lächelnd an. „Das fällt mir bei dir überhaupt nicht schwer. Ich habe noch niemals eine Frauenhand an meinem Busen, geschweige denn in meinem Intimbereich gespürt. Das sind so wunderbare Gefühle wie ich sie bis jetzt noch niemals gespürt habe! Daran bist nur du schuld, ich habe mich so sehr in dich verliebt, das ich nicht mehr weiß wie es vorher ohne dich gehen konnte!"

„Das geht mir doch genauso und das ist mir fast unheimlich. Ich bin wahrhaftig eine Frau, die mit beiden Beinen fest im Leben steht, aber das ich mich dann so heftig in eine andere Frau verliebe und mit dieser so etwas Schönes erlebe, hätte ich auch noch vor einer halben Stunde für unmöglich gehalten!"

Während dieser kurzen Unterhaltung hatten die beiden ihre Hände immer noch im Intimbereich der jeweils anderen liegen. Sahra zog ihre Hand jetzt zurück und meinte zu Jasira: „Es fällt mir auch schwer, aber wir müssen jetzt vernünftig sein und uns auf den Weg ins Präsidium machen. Dann frühstücken wir beide eben dort zwischendurch. Aber unsere Beziehung darf keinen Einfluss auf die Arbeit im Präsidium haben." Sie gab Jasira noch einen Kuss und zog ihr dann das hochgeschobene T-Shirt wieder runter und knöpfte sogar die Hose wieder zu. Ihre Geliebte hatte es jedoch nicht so einfach, denn Jasira war ja so stürmisch gewesen und hatte ihre Hose samt Slip mit nur einem Ruck fast bis auf die Knie von Sahra heruntergezogen. Jasira bückte sich nun, um ihrer neuen Freundin die Hosen wieder hochzuziehen, aber das tat sie mit Hintergedanken wie sich gleich herausstellen sollte. Sie bückte sich etwas tiefer als sie musste, bewunderte nun kurz das glattrasierte Liebesdelta ihrer Freundin und umschloss dann zärtlich mit ihrem Mund den immer noch vor Erregung leicht zitternden Kitzler der völlig überraschten Sahra und begann jetzt mit einem wahnsinnig schnellen Zungenspiel. Nun kniete sie sich auch noch vor sie hin, massierte mit den Händen die Pobacken ihrer Liebsten und lies sich nicht von ihrer „Arbeit" abbringen obwohl Sahra einen kurzen Schrei von sich gab und laut sagte:

„Hör sofort auf, hör sofort auf! Hörst du nicht, du Teufelin? Hör soooofort aaaauf! Weißt du was du da machst? Weißt du was gleich passiert, wenn du nicht aufhörst? Also hör bitte......niiiiicht auf!" In Sahras Gesicht spiegelte sich die pure Lust wider! Als Jasira einen kurzen Blick nach oben warf sah sie das Sahra ihr Sweatshirt nach oben geschoben hatte und mit beiden Händen unter dem BH ihren mächtigen Busen knetete! Dann kam der Augenblick, der kommen musste: Sahra erlebte einen Orgasmus der ihren ganzen Körper in Extase versetzte. Sie presste den Kopf von Jasira so fest in ihren Schoß, dass diese kaum noch Luft bekam, während Sahra dieses himmlische Gefühl bis zur letzten Welle auskostete. Sie lehnte sich an den Tisch und stützte sich mit beiden Händen nach hinten auf diesen ab. Sahras Verstand weigerte sich zu begreifen was sie gerade erlebt hatte. Nun erhob sich Jasira langsam und küsste dann ihre Freundin. Dadurch konnte diese den Geschmack ihrer eigenen Liebessäfte schmecken!

„Du bist wirklich absolut verrückt! Dafür müsste ich dich auf der Stelle sofort verhaften und dich bestrafen," meinte Sahra dann liebevoll zu

Jasira. „Darauf hoffe ich doch," erwiderte diese. „Im Übrigen habe ich es auch noch nie mit Handschellen gemacht," fügte die dunkelhäutige Schönheit dann noch Augenzwinkernd hinzu.

„Na, du bist mir vielleicht eine, aber alles zu seiner Zeit," erwiderte Sahra und zog dabei ganz schnell ihre Hosen selbst hoch. „Wir müssen jetzt schnellstens ins Präsidium. Nur gut, dass der Chef heute auch etwas später kommt, weil er noch einen Termin auswärts hat soviel ich weiß."

„Stopp," sagte Jasira. „Einen Gefallen musst du mir noch tun und ich verspreche dir, dass ich auch ganz brav bin." „Was möchtest du denn?" wollte ihre Freundin neugierig und etwas misstrauisch geworden durch die Worte „ganz brav" sofort wissen.

„Zieh bitte deinen BH aus und auch nicht wieder an. Ich möchte einmal spüren wie es sich anfühlt, so einen prächtigen Busen in den Händen zu halten. Bitte."

Sahra wollte erst ablehnen, aber dann sah sie in die großen liebenden Augen ihrer Freundin und ihre Ablehnung schmolz dahin wie das Eis in der Sonne. Ihre Brüste waren ja ohnehin durch die eigene Massage nur teilweise vom BH bedeckt. Kurzerhand zog sie jetzt ihr Sweatshirt aus und meinte lächelnd zu Jasira: „Wenn du das willst musst du ihn mir aber schon selbst ausziehen."

Das ließ sich ihre Freundin nicht zweimal sagen. Sie beugte sich vor und öffnete den auf ihrem Rücken mit drei Haken verschlossenen BH. Dabei flüsterte sie Sahra ins Ohr: „Ich danke dir Liebling. Ich liebe dich."

Den ausgezogenen BH ließ sie dann achtlos auf den Boden fallen, trat einen kleinen Schritt zurück und betrachtete nun den schönsten und größten Busen, den sie je in Natur gesehen hatte. Ihre Augen saugten sich daran fest. „Du bist so schön!" sagte sie voller Liebe leise zu Sahra. Dann nahm sie zärtlich eine weiche Brust in jede Hand und streichelte sie langsam aber doch voller Verlangen, wodurch sich die Brustwarzen ganz schnell zur ihrer vollen Größe aufrichteten. Sahra schloss die Augen und genoss diese Zärtlichkeiten in vollen Zügen. Da hatte sie eine Idee.

„Warte Liebling," meinte sie zu Jasira. „Ich möchte etwas ausprobieren. Aber du bist wirklich ganz brav?" „Ich halte immer meine Versprechen!" bekam sie auch sofort zur Antwort. Jasira war sehr gespannt was ihre Geliebte vorhatte. Die zog ihr nun die Weste aus und danach auch das T-Shirt.

„Komm ganz nah zu mir," flüsterte sie dann. Ihre Freundin ließ sich nicht lange bitten. Sahra verschränkte nun ihre Arme hinter dem Rücken von Jasira und zog diese ganz fest an sich. Nun standen die beiden so dicht zusammen, dass sich ihr Brüste berührten und zusammengepresst wurden. Überwältigt von Gefühlen fanden sich ihre Lippen zu einem langen, sanften und zärtlichen Kuss. Diesmal war es Jasira die als erste wieder in die Realität zurückfand, obwohl oder gerade, weil sie sich mit aller Kraft an ihr einmal gegebenes Versprechen erinnern musste.

„Ich könnte ewig so mit dir stehen bleiben Liebling, aber es ist ganz bestimmt besser, wenn wir uns zusammenreißen und jetzt bald zur Arbeit fahren. Du brauchst auch keine Angst zu haben, dass unsere Liebe einen negativen Einfluss auf unseren Job hat. Keiner wird etwas merken und du bist und bleibst meine Vorgesetzte."

Sahra sah etwas überrascht aus, aber sie nickte und erwiderte: „Du hast recht, wir ziehen uns jetzt an und fahren." Gesagt, getan. Jasira zog sich ihr T-Shirt über und Sahra bückte sich nach ihrem BH. Ihre Freundin hielt ihr aber den Arm fest als sie das sah.

„Bitte nicht, ich habe auch keinen an." „Meinst du nicht, dass das zu viel ablenkt?" „Nein, es beflügelt Fantasie und Träume und auch die Arbeit in der Hoffnung, dass wir schon bald wieder so zusammen sind wie gerade eben."

„Wir benehmen uns wie Teenager, weißt du das? Noch eines: ob jemand bemerkt das wir uns lieben ist mir vollkommen egal!" betonte Sahra abschließend noch energisch und zog sich weiter an. Jasira warf sich ihr T-Shirt und die Weste über und sah dabei Sahra mit verliebten Blicken an. Bei einem Blick auf ihre Armbanduhr stellte sie fest, dass es erst 7:10 Uhr war. Sie wandte sich etwas überrascht an Sahra.

„Unvorstellbar! Kannst du dir vorstellen, dass von deinem betreten der Wohnung bis jetzt, gerade mal fünfzig Minuten vergangen sind? In diesen Minuten haben wir uns gegenseitig unsere Gefühle gestanden und auch wunderschönen Sex gehabt. Fünfzig Minuten die vielleicht unser ganzes Leben verändern werden! Unvorstellbar in dieser kurzen Zeit! Unvorstellbar, dass es auch die schönsten fünfzig Minuten in meinem Leben waren!" meinte sie zu ihrer Geliebten.

„Besser hättest du es wirklich nicht ausdrücken können! Es ist schon beinahe unheimlich, dass wir beide immer wieder dasselbe denken," erwiderte Sahra lächelnd, schaltete die Kaffeemaschine aus, die sie nun doch nicht gebraucht hatten, nahm die beiden Tüten mit den Brötchen und Croissants und ging zur Tür.

„Komm, wir müssen nun die Welt da draußen endlich vor allen bösen Buben bewahren," meinte sie ziemlich übermütig als sie an Jasira vorbeiging. Die lachte leise und gab Sahra als Antwort einen Klapps auf den Po. Dafür erntete sie nur einen drohend erhobenen Zeigefinger. Jasira schloss die Wohnungstür hinter sich ab, nachdem sie auch noch ihre Waffe eingesteckt hatte, während ihre Freundin schon zum Auto ging und einstieg. Die anschließende Fahrt zum Präsidium dauerte dann nur zehn Minuten und verlief schweigend. So oft wie möglich hielten sie sich an den Händen, was aber nur ging, weil Sahra einen Automatikwagen hatte. Bevor sie in die Tiefgarage fuhr, war es aber damit vorbei, denn die Kameras in der Einfahrt zur Garage mussten das nicht unbedingt aufzeichnen. Sahra stellte ihr Auto nicht neben dem von Jasira ab, da die Plätze belegt waren. Gemeinsam gingen sie in das Büro der Oberkommissarin. Doch kaum hatten die beiden die Tür hinter sich geschlossen, ging diese wieder auf und ein Mann der Soko trat, ohne anzuklopfen, ein. Es war der Kommissar Heiko Schröder.

„Guten Morgen Frau Strelemann," begann er, ohne Jasira zu beachten, unaufgefordert zu reden. „Es gibt sehr gute Nachrichten! Ein Kollege von der Streife war auf dem Weg zum Präsidium und wollte sich unterwegs beim Bäcker noch ein belegtes Brötchen mit einem Kaffee kaufen, als er auf einen Mann aufmerksam wurde, der fluchend neben der Eingangstür stand, weil er sich Kaffee auf seine Hose geschüttet hatte. Dieser Typ wird ganz dringend von uns gesucht. Sein Bild wurde nach der Beschreibung vom Zeugen, Herrn Meier, angefertigt und steht unter Verdacht an der Entführung des Stellvertreters von Herrn Krone beteiligt gewesen zu sein. Der Kollege hat ihn sofort erkannt und konnte den Mann dann ohne dessen Widerstand Handschellen anlegen und festnehmen. Er sitzt in Raum eins und wurde schon von den beiden Kollegen Dammeier und Krause vernommen. Natürlich streitet er alles ab und weiß nicht was wir von ihm wollen. Ach ja, er heißt übrigens Robin Markwart wohnt in Hamburg, von Beruf angeblich Fotomodell und ist erst gestern angereist wegen eines Shootings. Wir arbeiten daran, das zu überprüfen. Für den Tatzeitpunkt hat er aber kein Alibi, weil er laut seiner Aussage irgendwo zwischen Hamburg und hier mit seinem Wagen unterwegs war."

„Super, das ist ja mal eine super Nachricht! Der Tag fängt gut an! Auch Herr Krone wird begeistert sein, wenn er im Laufe dieses Vormittags davon erfährt," Sahra klang aufrichtig begeistert. „Lasst ihn uns vom Mithörraum aus erst einmal ansehen."

Alle drei gingen durch die Abteilung dorthin, verfolgt von neugierigen und forschenden Blicken aller Kolleginnen und Kollegen, an denen sie dabei vorbeikamen. Als die drei den Raum betraten, blieben sie dort erst einmal schweigend hinter der Scheibe stehen und betrachteten den Verhafteten eingehend. Er konnte es ja nicht sehen.

„Ich glaube, da ist doch mit ziemlich großer Wahrscheinlichkeit etwas schiefgelaufen," sagte Jasira plötzlich. „Wie kommst du denn auf sowas?" wollte Sahra natürlich sofort wissen.

„Ich kenne den Mann – von Plakaten! Der ist wirklich ein Modell. Ich habe Plakate in Düsseldorf gesehen, auf denen er Werbung für Sportschuhe gemacht hat. Hier bei uns in Familienstadt sah ich welche, auf denen er dann Werbung für ein neues Aftershave machte. Natürlich kann dieser Mann trotzdem einer der Täter sein, aber mein Gefühl sagt mir, dass hier etwas nicht stimmen kann und wir falsch liegen!"

Jasira klang dabei absolut selbstsicher und war überzeugt von ihrer aufgestellten These. Während Sahra sich in Gedanken logischerweise sofort mit dem beschäftigte was ihre Freundin gerade gesagt hatte, sah Kommissar Schröder die Frau vom LKA an, als wäre sie von einem anderen Stern. Sahra wandte sich an den Kommissar.

„Wir behalten ihn natürlich hier. Lassen Sie ihn in eine Zelle bringen. Ich muss erst ein Telefonat führen und Sie arbeiten derweil mit dem Rest der Mannschaft daran, so viel wie möglich über diesen Mann zu erfahren! Ich werde mich dann später bei dem Kollegen persönlich bedanken, der diesen Tatverdächtigen heute Morgen in eigener Initiative festgenommen hat. Jasira komm mit, wir haben einiges zu tun." Sie nickte Herrn Schröder zu und die beiden Frauen verließen den Raum.

Auf dem Weg zum Büro meinte Sahra zu ihrer Freundin: „Du rufst bei Herrn Meier an und bittest ihn ins Präsidium zu einer Gegenüberstellung. Ich werde mich jetzt noch einmal in der Akte mit seiner Aussage von damals beschäftigen."

Im Büro angekommen suchte sich Jasira die Telefonnummer von Herrn Meier aus der Akte bevor Sahra sich damit beschäftigte. Jasira rief mehrmals vergeblich bei Herrn Meier an. Sie gab es erst einmal auf und meinte zu Sahra: „Ich gehe eben zur Toilette und setze dann für uns Kaffee auf. Ist das in Ordnung?" Ihre Geliebte nickte lächelnd. „Das ist eine gute Idee." Jasira machte sich auf den Weg. Bei den Toiletten angekommen stand die Tür zum Vorraum offen und sie trat ein. In der Nasszeile, die von hier aber jetzt nicht einzusehen war, hörte sie ungewollt das Gespräch von zwei Frauen mit an.

„Hast du auch mitbekommen was der Schröder erzählt hat? Die glaubt scheinbar, sie sei etwas Besonderes und weiß alles besser nur weil sie vom LKA kommt! Sitzt bei der Strelemann im Büro, trägt die Nase ganz hoch und arbeitet bestimmt daran, am Stuhl der Chefin zu sägen!"

„Da hast du ganz bestimmt recht!" antwortete eine zweite Frauenstimme. „Diese Niggerschlampe soll doch mal lieber dahin zurückgehen wo sie herkommt – nach Afrika Schafe hüten und Blagen am Fließband produzieren!"

Jasira stand da wie vom Blitz getroffen. Sie hatte in ihren bisher zweiunddreißig Lebensjahren immer wieder mit diskriminierenden Anfeindungen eben wegen ihrer Hautfarbe zu tun gehabt, aber hier und heute hatte sie auf gar keinen Fall damit gerechnet! Doch anstatt die beiden unbekannten Frauen zur Rede zu stellen, schlich sich Jasira wie ein begossener Pudel aus dem Raum und ging ohne Elan und mit langsamen Schritten zurück in Richtung Büro. Bevor sie es aber betrat blieb sie noch einmal kurz stehen, um sich zu sammeln. Jasira setzte ihr schönstes Lächeln auf und ging hinein. Sahra hob nur ihren Blick einmal von den Akten und ließ ihre Freundin gewähren. Jasira nahm die Kaffeemaschine aus dem kleinen Schrank und sorgte dafür, dass bald ein verführerischer Kaffeeduft durch das Büro zog. Danach ging sie zum Telefon, um Herrn Meier anzurufen – wieder vergeblich. Darum nahm sie aus dem Schrank noch zwei kleine Teller und legte für sich und Sahra aus den beiden Tüten jeweils ein Brötchen und ein Croissant darauf. Bevor sie aber Kaffee in die Tassen goss, griff Jasira wieder zum Telefon, um Herrn Meier zu erreichen – wieder ohne Ergebnis. Sie goss jetzt Kaffee in die beiden Tassen und stellte sie mit den Tellern auf Sahras und ihren Tisch. Ihre Freundin sah sie kurz an und meinte mit strahlenden Augen: „Danke, das ist lieb von dir Schatz!"

„Sehr gerne, wir müssen uns doch schließlich stärken," bekam Sahra darauf von Jasira mit einer sehr deutlichen Anspielung augenzwinkernd zur Antwort. Das Frühstück verlief relativ schweigsam. Jedes Mal, wenn Sahra etwas sagen wollte, griff Jasira zum Telefon, um Herrn Meier anzurufen, leider jedes Mal vergeblich. Die Oberkommissarin merkte ganz genau, dass ihre Freundin aber jedem Gespräch mehr oder weniger geschickt auswich. Kurzerhand griff sie selbst zum Telefon und rief den Wachhabenden der Bereitschaftspolizei an.

„Gallert, guten Morgen," meldete sich eine männliche Stimme. „Oberkommissarin Strelemann hier, guten Morgen. Schicken Sie doch bitte einen Wagen in die Bachstr. Nr. 40 zu Herrn und Frau Meier. Er ist ein ganz wichtiger Zeuge und soll sich hier bei uns umgehend zu einer notwendigen Gegenüberstellung einfinden. Wir erreichen ihn aber nicht. Die Kollegen sollen klingeln und ihn hierher bringen, wenn er da ist. Wir glauben aber, eher das von dem Ehepaar niemand zu Hause ist. Dann sollen die Kollegen zusätzlich in der ganzen Nachbarschaft nachfragen ob jemand etwas über den Verbleib der beiden weiß. Eine Rückmeldung bitte unverzüglich an mich!"

„Alles klar, ich leite das sofort in die Wege," erwiderte Herr Gallert. „Danke," meinte Sahra und beendete das Gespräch. Jetzt wandte sie sich direkt an ihre Freundin.

„So und jetzt möchte ich wissen, was mit dir los ist! Du weichst jedem Gespräch mit mir aus. Was hast du? Bereust du schon was heute Morgen geschehen ist? Sei bitte ehrlich zu mir." Angst und Zweifel waren in ihrem Gesicht zu sehen.

„Bereuen? Wie kommst du darauf? Ich sehne mich nach mehr – nach sehr viel mehr!" „Warum verhältst du dich dann so seltsam?" wollte Sahra natürlich wissen. Ihre Freundin zögerte lange mit der Antwort.

„Vorhin auf der Toilette habe ich durch Zufall etwas mitbekommen," dann erzählte sie was dort geschehen war. Sahra brauchte einen Moment, um zu begreifen was sie da eben gehört hatte. Je länger sie darüber nachdachte, umso größer wurde die Wut, die in ihr aufstieg. Zumal sie genau sehen konnte, dass Jasira Tränen in den Augen hatte und mühsam dagegen ankämpfte.

„Warum bist du nicht hinein und hast die zwei gleich auf ihre richtige Größe zurecht gestutzt?" „Ich bin leider mit rassistischen Anfeindungen praktisch groß geworden und habe gedacht, dass ich mich daran gewöhnt habe, aber manchmal ist das ein Irrtum. Das es aber ausgerechnet hier bei euch so schnell geht, hat mich irgendwie überrollt. Dazu kommt, dass es mir unmöglich war nach diesem schönen Morgen mit dir auch noch solch ein Streitgespräch zu führen! Die zwei würden nur noch mehr bei den Kollegen über mich herziehen und mir dann alle Schuld für den ganzen Ärger geben. Außerdem steht dann die Aussage von zwei Kolleginnen gegen die einer Fremden!"

Sahra hatte stumm zugehört und saß aber mit geballten Fäusten am Tisch! „Da hast du leider Recht," meinte sie zu ihrer Freundin. „Die Sache werde ich garantiert nicht vergessen. Wir werden herausfinden wer die beiden waren, und das wird kein Zuckerschlecken für die zwei!"

Sahra erhob sich mit einem Ruck. „Ich habe eine Idee. Es kann sein, dass wir schon bald mehr über die beiden wissen! "

Sie ging hinaus und durch die offen stehende Tür gegenüber in das dortige Großraumbüro wo der Rest der Soko seiner Arbeit nachging.

„Guten Morgen zusammen. Die Soko trifft sich um 8:45 Uhr bei mir im Büro zur Besprechung." Ihre laute Stimme war bis in den letzten Winkel zu hören. Ohne ein weiteres Wort ging Sahra wieder zurück in ihr Büro.

„Mit etwas Glück werden wir vielleicht gleich wissen wer die beiden Frauen von der Toilette waren. Außer uns beiden sind doch nur noch drei andere Frauen dabei. Du stellst dich als letzte in die Reihe und gibst mir dann unauffällig ein Zeichen, wenn du eine der Stimmen erkannt hast." Sahra streichelte ihrer Freundin über den Arm. „Denke immer daran, egal was alle anderen sagen, ich bin für dich da und stehe zu dir, auch wenn alles so neu ist für mich!"

Jasira konnte ihre Tränen nicht mehr zurück halten und sah sie mit verliebten Augen an. „Ich liebe dich, aber ich möchte auf keinen Fall, dass du meinetwegen in Schwierigkeiten gerätst. Ich pfeife auf alle anderen, Hauptsache es gibt dich für mich!"

Bevor Sahra jedoch etwas erwidern konnte, klingelte das Telefon. Sie wischte sich einmal kurz mit der Hand zärtlich über Jasiras Gesicht und nahm das Gespräch an, immer mit Blickkontakt zu ihrer Freundin.

„Strelemann." Sie hörte einen Moment zu und meinte dann: „Dann weiß ich Bescheid, danke." Damit war das Gespräch beendet und Sahra wandte sich an Jasira. „Da stimmt etwas nicht. Die

Kollegen von der Streife haben die Meiers auch nicht leider auch nicht angetroffen." Gerade jetzt klopfte es an der Tür und nacheinander kamen die anderen Kollegen der Soko herein. Sie setzten sich oder blieben einfach stehen. Jasira nahm wie abgesprochen ihren Platz ganz in der Ecke ein. Sahra stellte sich vor ihren Schreibtisch. „Guten Morgen noch einmal."

„Von mir auch, ich habe die meisten von ihnen ja noch nicht gesehen," warf Jasira lächelnd in die Runde. Von einigen gab es einen ebenso freundlichen Gruß zurück – andere schwiegen. Sahra wandte sich direkt an Herrn Schröder.

„Was macht unser Tatverdächtiger?" „Der wartet auf seinen Anwalt. Wir sind nun dabei ihn komplett zu durchleuchten, haben aber noch nichts Verwertbares gefunden. Frau Peters, Frau Bödeker und Herr Klein sind mit mir am Ball."

„Sehr gut, dann ist das restliche Team womit beschäftigt?" Sahra musste sich nach ihrer kurzen Einarbeitung doch erst einmal einen Überblick verschaffen. Es meldete sich jetzt Kommissarin Sonneborn zu Wort. „Herr Dammeier, Herr Krause, Herr Brandt und ich beschäftigen uns immer noch mit der Auswertung der Ergebnisse von der Spusi und den Befragungen aller Personen, die in dem Industriegebiet arbeiten und wohnen."

„Danke Frau Sonneborn," Sahra wollte noch mehr sagen, aber in diesem Moment ging die Tür auf und zur Überraschung von allen kam der

Polizeidirektor rein „Guten Morgen zusammen," sagte er. „Frau Strelemann machen Sie einfach weiter und lassen Sie sich von mir nicht stören." Er ging um den Schreibtisch der Kommissarin herum und setzte sich auf deren leeren Stuhl. Die Oberkommissarin nickte ihm nur zu und fuhr fort.

„Ich gehe davon aus, dass sie alle die Phantombilder kennen, die nach Angaben von Herrn Meier angefertigt wurden – was ja auch zu der Festnahme führte. Wir haben aber Zweifel an der Richtigkeit seiner Aussage. Darum haben wir versucht ihn zu erreichen, jedoch leider immer ohne Erfolg. Daraufhin habe ich eine Streife zu den Meiers geschickt, die aber auch niemanden angetroffen haben. Eine Befragung in der ganzen Nachbarschaft ergab aber, dass Herr Meier letzte Woche einen Arzttermin im Krankenhaus hatte. Seitdem wurde das Ehepaar von niemanden mehr gesehen! Über Urlaubspläne ist jedoch nichts bekannt. Wir machen folgendes: Frau Peters und Herr Dammeier sie fahren zum Krankenhaus. Vielleicht finden sie ja heraus warum Herr Meier da war. Anschließend fahren sie den direkten Weg von dort nach hier zum Präsidium. Achten sie dabei auf Plakate oder Leuchtreklame. Mal sehen ob ihnen dabei etwas auffällt. Frau Bödeker, Sie telefonieren die Reisebüros ab, ob von Kurt und Irene Meier vielleicht doch eine Reise gebucht wurde." „Vielleicht auch noch die Flughäfen?" warf Frau Bödeker in den Raum. Der Tonfall von ihr war eindeutig so stark provozierend wie die Frage nebensächlich. Sahra tat so, als hätte sie das nicht bemerkt während Herr Krone das mit Stirnrunzeln registrierte. Jasira hob in diesen Moment auch noch unauffällig den Daumen ihrer rechten Hand. Bei Sahra gefror das Lächeln in ihrem Gesicht.

„Selbstverständlich, davon bin ich natürlich auch ausgegangen," bekam Frau Bödeker deshalb in dem gleichen Tonfall als Antwort. Die bekam einen roten Kopf und senkte den Blick.

„Hat noch jemand eine Frage, wenn nicht, dann war das für diesen Moment alles." Sahra ihre Kollegen/innen fragend an und als sich niemand zu Wort meldete meinte sie noch: „Gut, dann wünsche ich uns allen einen erfolgreichen Tag."

Die Versammlung löste sich auf und die Mitglieder der Soko begaben sich an ihre Arbeit. Kaum war Tür wieder geschlossen meldete sich der Polizeidirektor zu Wort.

„Was ist mit Herrn Meier? Dass er noch ins Krankenhaus wollte, hat er mir auch erzählt und was war das eben mit Frau Bödeker?"

„Wir haben heute einen der Tatverdächtigen festnehmen können, der genauso aussieht wie von Herrn Meier vor ein paar Tagen beschrieben. Doch es bestehen Zweifel an seiner Aussage. Wir haben Ihnen aber noch viel zu erzählen Herr Direktor. Haben Sie noch Zeit für uns?" wollte Sahra wissen.

„Wenn Sie eine Tasse Kaffee für mich haben, dann lasse ich mich bei Ihnen sogar häuslich nieder. Mein Termin wurde leider abgesagt, darum habe ich genügend Zeit," antwortete Herr Krone lächelnd.

Das Lächeln würde ihm aber heute noch garantiert vergehen…

Ein heimliches Telefonat um 9:30 Uhr. Der Anrufer stand versteckt zwischen hohen Büschen. „Wann können wir uns treffen? Ich habe eben das letzte Päckchen vertickt und jetzt habe ich nichts mehr." Pause. „Was, erst heute Nachmittag um sechs? Ich soll auch noch hinkommen und wo treffen wir uns dann?" Pause. „Auf dem Gelände der alten Stuhlfabrik bei den drei Linden? Das kenne ich, ja, den Zaster bringe ich auch mit. Okay, bis später dann." Damit war das Gespräch beendet. Sven

Dohmke kam aus seinem Versteck und ging weiter. Die Hand mit dem Handy, welche ihn filmte und auch das Gespräch aufzeichnete, hatte er nicht bemerkt!

Es war nachmittags um fünf Uhr bei der alten Stuhlfabrik. Das Hauptgebäude der Fabrik war abgesperrt. Eine Person versuchte sich möglichst unauffällig Zutritt zu verschaffen. Diese männliche Gestalt schaffte es nur mit einiger Mühe die Absperrung zu überwinden und das Gebäude zu betreten. Langsam und vorsichtig ging er dann über eine nicht sehr vertrauenswürdig aussehende Treppe in die erste Etage. Dort sah die Person aus jedem der Fenster und überprüfte das Blickfeld. So richtig zufrieden war er aber nicht. Zum Teil waren noch zersplitterte Scheiben in den Fenstern, bei anderen war die Sicht durch Äste der Bäume eingeschränkt. Noch höher gehen war aber nicht sinnvoll, denn die Treppe nach oben war schon zum Teil eingestürzt. „Dann kann ich es leider nicht ändern. Es muss eben so gehen," sprach die Person laut mit sich selbst. Er stellte sich neben ein Fenster in der Mitte des Stockwerkes und wartete geduldig. Es dauerte nur noch eine halbe Stunde bis es soweit war.

Es war kurz vor sechs und Sven Dohmke war schon zehn Minuten vor der Zeit bei den drei Linden. Er blieb einfach auf seinem Mofa sitzen und wartete. Es dauerte auch nicht mehr lange. Dann kam ein blauer Golf langsam angefahren und parkte zwischen zwei kleinen Gebäuden. Ein Mann stieg aus und sah sich erst einmal aufmerksam nach allen Seiten um, bevor er zu Sven ging.

„Hast du das Geld?" fragte er direkt und ohne Begrüßung. „Hallo Georg, natürlich habe ich es," antwortete Sven, griff in die Hosentasche und hielt ihm ein Bündel Geldscheine hin. Georg steckte es ein, ohne nachzuzählen. Er war sich sicher, dass Sven es nicht wagen würde ihn zu hintergehen. Im Gegenzug nahm Georg einen Briefumschlag aus seiner Jacke und gab ihn an Sven weiter. Dabei war für einen kurzen Augenblick der Griff einer Pistole zu sehen! Eines war klar: mit Georg sollte man sich nicht unbedingt anlegen! Sven warf nun einen kurzen Blick in den Umschlag und schien enttäuscht.

„Das ist aber nicht so viel Stoff wie ich erwartet habe," beklagte er sich bei Georg. „Du musst mit dem zufrieden sein, was du von mir bekommst," antwortete dieser eiskalt, drehte sich ohne weiter Worte um und ging wieder zu seinem Auto. Sven schüttelte nur mit dem Kopf, startete sein Mofa und verließ noch vor Georg das Gelände.

Die Person in der ersten Etage des alten Hauptgebäudes wartete jetzt bis die beiden außer Sichtweite waren und kontrollierte dann zufrieden seine Aufnahme. Anschließend verließ der Mann das Gelände auf dem gleichen Weg wie er gekommen war.

Sahra Strelemann, ihre Freundin Jasira Schmitz-Mbele und Polizeidirektor Krone saßen nun seit fast einer Stunde und drei Kaffees später immer noch zusammen. Der Direktor war wirklich sehr beeindruckt von dem was die beiden Frauen in der kurzen Zeit alles herausgefunden hatten! Still und heimlich beglückwünschte sich Herr Krone selbst, dass er der Oberkommissarin die Leitung der Soko übertragen hatte. Auch seine ganzen Vorurteile gegenüber der Kommissarin vom LKA hatten sich gelegt und sogar eher in das positive Gegenteil verwandelt. Er sah jetzt Frau Schmitz-Mbele als optimale Ergänzung zur Oberkommissarin.

„Also noch einmal zum Schluss," meinte Herr Krone gerade. „Ich versuche diese ominöse Astrid ausfindig zu machen und ich werde auch die Rechtsmedizin unter die Lupe nehmen. Sie haben mich heute davon überzeugt, dass Steinbachs Selbstmord nur geschickt vorgetäuscht war und das hier im Präsidium jemand dabei mitgespielt hat." Der Direktor hatte gerade sein letztes Wort gesprochen, als es an der Tür klopfte und nach einer Aufforderung von Sahra kam Kommissar Schröder herein. Er stutzte, als er seinen obersten Chef immer noch hier sitzen sah.

„Nun Herr Schröder, was haben Sie zu berichten?" forderte Sahra ihn auf zu erzählen.

„Sie hatten Recht mit Ihrer Vermutung Frau Strelemann. Nachdem Herr Meier im Krankenhaus war, um sich wegen eines neuen Kniegelenkes untersuchen zu lassen, fuhr er auf direktem Weg zum Präsidium. Auf dem ganzen Weg hierher gibt es immer wieder Werbeträger mit dem Bild des hier bei uns einsitzenden Tatverdächtigen. Auch die zweite von Herrn Meier beschrieben Person ist auf mehreren Plakaten abgebildet. Der Zeuge hat uns höchstwahrscheinlich mit Absicht eine falsche Beschreibung von den beiden mutmaßlichen Entführern gegeben."

Die Oberkommissarin sah ihren Chef an. „Das war es, was meine Kollegin und ich befürchtet haben! Es muss aber auch einen ganz besonderen Grund dafür geben und wo ist das Ehepaar Meier jetzt? Ich habe ein ganz ungutes Gefühl!" Der Polizeidirektor unterbrach sie schnell mit einer

Handbewegung. „Herr Schröder, fahren Sie mit Ihrer Kollegin wieder zu den Meiers. Nehmen Sie auch ein Team der Spusi mit und noch zwei Streifenwagen. Gehen Sie ins Haus und stellen Sie alles auf den Kopf. Finden Sie das Ehepaar oder Hinweise auf deren Verbleib. Für die rechtliche Grundlage kontaktiere ich gleich nach unserem Gespräch den Staatsanwalt."

Herr Schröder nickte nur und verschwand. Doch kaum hatte er die Bürotür hinter sich geschlossen, da klingelte auch schon das Telefon. Sahra nahm das Gespräch an und meldete sich. „Strelemann," und hörte dann einen Augenblick zu. „Okay, Sie sind richtig informiert, er ist hier. Ich frage mal nach."

Sie hielt den Hörer weiter in der Hand und wandte sich an den Direktor. „Unten an der Info steht ein Mann, der unbedingt nur mit Ihnen reden will. Er wäre ein Freund von Herrn Meier und hätte Informationen für Sie." Herr Krone war überrascht, meinte aber gleich: „Die sollen den Mann sofort hierher ins Büro bringen."

Sahra nickte nur und antwortete dem Kollegen am Telefon: „Bitte bringen Sie den Mann sofort in mein Büro." Damit war das Gespräch beendet.

„Das klingt ja interessant. Hoffentlich hilft uns das auch weiter," meinte Jasira gerade, bevor schon jemand an der Bürotür klopfte. Es war ein Wachtmeister, der den Besucher zu dem Büro der Oberkommissarin gebracht hatte und nun eintrat.

„Guten Morgen, ich bringe hier den Mann, der unbedingt mit Ihnen sprechen möchte Herr Direktor." „Danke, lassen Sie ihn rein und Sie können wieder gehen."

Der Wachtmeister trat zur Seite und machte Platz für den Besucher. Der Mann war ungefähr so groß wie Sahra und trug einen schwarzen Anzug mit Krawatte. Er war schlank, fast schon dürr zu nennen und ca. 65-70 Jahre alt.

Alle drei Anwesenden erhoben sich und Sahra schien etwas überrascht. Dann ging sie lächelnd und mit ausgestrecktem Arm zu dem Besucher, um ihn zu begrüßen.

„Hallo Herr Sörensen. Wir haben uns ja lange nicht mehr gesehen. Unseren Direktor kennen Sie sicher vom Namen her und dies ist meine Kollegin Frau Schmitz-Mbele."

„Guten Morgen zusammen. Schön Sie zu sehen Frau Strelemann. Herr Krone, danke das Sie Zeit für mich haben. Frau Schmitz-Mbele." Jedes Mal, wenn Herr Sörensen eine der Person mit Namen anredete, begrüßte er sie mit Handschlag.

Das Telefon klingelte und wieder war es Sahra die auch dieses Gespräch annahm, zuhörte und nach kurzer Zeit beendete. Sie teilte den anderen aber nichts über das Telefonat mit.

Der Direktor sah jetzt fragend von Sahra zu dem Besucher. „Sie beide kennen sich?" Die Oberkommissarin nickte ihm zu. „Das stimmt, Herr Sörensen ist Anwalt und ich hatte ein paar Mal beruflich mit ihm zu tun." „Da muss ich gleich korrigieren," warf Herr Sörensen ein. „Ich war Anwalt und musste den geliebten Beruf leider aus gesundheitlichen Gründen aufgeben. Jetzt bin ich als Freund von Kurt Meier und dessen Frau hier und wollte nur mit Herrn Krone sprechen. Aber ich denke, die beiden Damen können ruhig auch hierbleiben. Immer unter der Voraussetzung, dass alles was sie sehen, hören und besprechen auch in diesem Raum bleibt!"

„Ich gebe Ihnen mein Wort, dass dem auch so ist," gab der Direktor zur Antwort. „Was können wir denn für Sie tun?" „Ich glaube schon, dass ich Ihnen helfen kann und wir alle meinem Freund und seiner Frau." Bei diesen seltsamen Worten holte Herr Sörensen aus seiner Jackentasche ein Smartphone und hielt es in die Höhe.

„Alles was hierdrauf zu sehen und auch zu hören ist, hat mir mein Freund Kurt erst letzte Woche übermittelt. Ich musste ihm versprechen es mir erst anzusehen, wenn er oder seine Frau sich nicht mehr alle zwei Tage telefonisch oder persönlich bei mir melden würden. Natürlich fand ich das auch sehr seltsam, aber Kurt ließ sich nicht darauf ein mir mehr zu erzählen. Doch ich bin sein Freund und halte mich immer an ein Versprechen!"

Herr Sörensen forderte die anderen drei auf, sich zu setzen. Dann hielt er das Handy so, dass jeder möglichst viel sehen konnte und schaltete es ein und die Stimme von Herrn Meier war zu hören.

„Hallo Herr Krone. Wenn Sie das hören weiß ich, dass mein Freund Bernd wie von mir nicht anders erwartet, sich an sein gegebenes Versprechen gehalten hat und meiner Frau und mir etwas zugestoßen ist."

Dann folgte der Film, auf dem die schwarze behandschuhte Hand deutlich mit einer aktuellen Tageszeitung zu sehen war, während etwas im Hintergrund Frau Meier im Garten mit dem Hund spielte. Danach war eine laute männliche Stimme mit der Drohung zu hören. Anschließend gab Herr Meier eine, diesmal korrekte Beschreibung, der beiden mutmaßlichen Entführer. Er endete dann mit folgenden Worten: „Wahrscheinlich habe ich alles falsch gemacht. Meiner Frau konnte ich nichts erzählen und ich war so dumm zu glauben, dass die Verbrecher uns in Ruhe lassen, wenn ich den Mund halte. In mir war einfach ein starkes Gefühl, dass mir sagte, wenn die Typen am hellen Tag den stellvertretenden Polizeidirektor aus dessen Haus entführen konnten, dann kann uns auch keine Polizei der Welt vor diesen Verbrechern schützen."

Das war alles. Stille, bis Sahra als erste die Sprache wiederfand. „Ich muss leider auch noch etwas Unangenehmes in den Raum werfen: unsere Leute haben im Haus der Meiers keine Hinweise auf den Verbleib des Ehepaares gefunden. Im Gegenteil: nicht weit entfernt in einer Mülltonne wurde der tote Dackel von Herrn Meier gefunden – ihm wurde offenbar die Kehle durchschnitten.

Was das bedeutet, sollte uns allen klar sein!" Natürlich war das allen klar – es gab niemanden in diesem Raum, der jetzt noch daran glaubte, das Ehepaar lebend zu finden.

Jasira sprach nun Herrn Sörensen an. „Würden Sie mir eben das Handy geben, damit ich alles auf meinen PC überspielen kann?" „Hier haben Sie es. Wenn Sie dann alles auf ihrem Rechner haben, löschen Sie es bitte gleichzeitig von meinem Smartphone. Ich möchte nicht auch noch ins Visier dieser Typen geraten, falls sie irgendwie von der Nachricht Wind bekommen sollten."

Jasira nickte nur und der Polizeidirektor sagte zum ehemaligen Anwalt: „Seien Sie unbesorgt, ich garantiere Ihnen, dass von dieser Nachricht niemand anderes erfährt als wir drei hier im Büro!"

„Ihr Wort in Gottes Ohr, wie man so sagt und gutes Gelingen bei Ihren Ermittlungen," war die Antwort von Herrn Sörensen. „Zum Glück bin ich alleinstehend und ich werde gleich, wenn ich nach Hause komme, einen plötzlichen nicht geplanten Urlaub antreten."

Jasira war mit allem fertig und gab ihm sein Handy zurück. Herr Sörensen verabschiedete sich von allen mit Handschlag und wünschte viel Erfolg bei den Ermittlungen. Der Direktor bedankte sich und öffnete ihm auch noch die Bürotür persönlich. Der Rechtsanwalt ging langsam, aber zielstrebig und sich auch nicht mehr umsehend durch die Abteilung zum Ausgang. Dabei wurde er von den neugierigen Blicken der restlichen Mitglieder der Soko verfolgt. Im Büro der Oberkommissarin aber herrschte für einen kurzen Augenblick eine schon greifbare Stille, in der jeder der Anwesenden seinen Gedanken nachging, bis der Polizeidirektor das Schweigen brach.

„Ja meine Damen, da haben wir einiges zu verdauen und aufzuarbeiten. Als erstes müssen wir sofort den Tatverdächtigen, der sich hier in unserem Gewahrsam befindet, freilassen. Das übernehme ich – inclusive einer Entschuldigung. Dann ist der große Hintergrundcheck des Mannes einzustellen, denn das ist viel Zeit, die wir für wichtigere Dinge brauchen. Ich werde mich danach sofort um diese Astrid kümmern und mich melden sobald ich etwas weiß. Eines noch bevor ich mich auf den Weg in mein Büro mache: wenn die Spusi im Haus von Familie Meier fertig ist, fahren sie beide auch noch zu dem Haus und sehen sich in aller Ruhe einmal um, vielleicht finden sie ja noch etwas das die Spusi übersehe hat – oder unter Umständen sogar übersehen wollte! So ich gehe jetzt, alles Weitere liegt nun in Ihren Händen Frau Strelemann. Denken Sie daran, allen Leuten mit denen Sie zu tun haben, klarzumachen, dass die Ermittlungen von Ihnen absolute Priorität haben!"

Der Polizeidirektor verließ das Büro und seufzte in Gedanken an die viele Arbeit, die auf ihn wartete. Die Oberkommissarin gab ihrer Freundin nun die ersten Anweisungen.

„Jasira, kannst du den Teil der Nachricht von Herrn Meier isolieren, in dem er die beiden Entführer noch einmal beschreibt? Ich möchte nicht, dass die Kollegen, die das neue Phantombild bzw. die beiden Bilder anfertigen, auch noch von dem Rest etwas mitbekommen!"

„Kein Problem! Ich ziehe das auf einen Stick und bin in fünf Minuten damit fertig."

„Sehr gut, ich rufe in der Zwischenzeit bei Herrn Bartel an, damit er weiß das du gleich Arbeit für ihn bringst." Sahra griff zum Telefon und wählte die Nummer des Kollegen.

„Hallo Herr Bartel, Strelemann hier. Unsere Kollegin Schmitz-Mbele kommt gleich und bringt Ihnen einen Stick auf dem eine Stimme Ihnen die zwei richtigen Gesichter der Tatverdächtigen im Entführungsfall von Herrn Steinbach beschreiben wird. Die zwei bisherigen Phantombilder können wir nicht mehr verwenden, denn sie beruhen auf einer Falschaussage. Fertigen Sie also mit Ihren Kollegen schnellstmöglich diese neuen Bilder an, damit die unverzüglich an alle verteilt werden können."

Die Oberkommissarin hörte dann einen Moment schweigend zu, bevor sie in einem Tonfall antwortete, der auch ihre neue Freundin erstaunt aufsehen ließ.

„Ich glaube Ihnen, dass Sie jetzt dabei sind Ihre Mittagspause zu machen, aber die beiden Phantombilder haben jetzt absolute Priorität und darum sollten Sie schon die Pause verschieben. Schließlich haben Sie ja auch noch Unterstützung von den Kollegen. Herr Krone möchte auch noch heute Mittag die fertigen Bilder in den Händen halten!"

Sahra legte auf und wandte sich an die bereits wartende Jasira, um ihr den Weg zu Herrn Bartel zu beschreiben. Dann rief sie wieder bei der Bereitschaftspolizei an und musste einen Moment warten, bis sich am anderen Ende jemand meldete.

„Hallo Herr Gallert, Strelemann hier. Sorgen Sie doch bitte dafür, dass alle Phantombilder die den Fall unseres entführten Herrn Steinbach betreffen sofort vernichtet werden. Sie beruhen auf einer leider sehr echt wirkenden Falschaussage und sind deshalb auch nicht mehr relevant. Die beiden korrekten Bilder werden gerade von Herrn Bartel und seinen anderen Kollegen angefertigt damit sie dann unverzüglich an alle weitergeleitet werden können. Denken Sie auch an die Kollegen/innen die gerade draußen unterwegs sind. Die Sache hat für jeden absolute Priorität auf Anweisung des Direktors! Bis später mal."

Ohne eine Erwiderung abzuwarten, legte Sahra das Telefon auf die Station und ging hinüber in das Großraumbüro.

„Alle bitte mal kurz herhören," rief sie laut und deutlich in den Raum. Sofort war ihr die ungeteilte Aufmerksamkeit aller sicher. „Es haben sich wichtige Erkenntnisse im Fall des entführten Herrn

Steinbach ergeben. Die ihnen allen bekannten Phantombilder der Entführer beruhen auf einer Falschaussage und sind darum nicht mehr zu gebrauchen. Die richtigen Bilder werden gerade angefertigt und schnellstmöglich an alle verteilt. Der von uns festgenommene Tatverdächtige wird in diesen Minuten entlassen. Frau Sonneborn und Herr Krause, ich möchte, dass sie beide sobald die Phantombilder fertig sind, zur Unterstützung der Kollegen/innen in die Bachstraße fahren und eine großflächige Befragung durchführen. Die letzten vier Tage sind besonders relevant. Vielleicht waren in diesem Zeitraum Handwerker in der Straße, oder vielleicht auch Angestellte der städtischen Betriebe, die Müllabfuhr, Taxifahrer, Postboten oder noch andere Zusteller. Finden und befragen sie alle. Weisen sie dabei alle Personen explizit auf den schwarzen Combi mit den getönten Fenstern hin. Das war erst einmal alles für jetzt. Hat noch jemand Fragen?"

Frau Bödeker meldete sich. „Von wem haben Sie die Informationen und können wir denen jetzt vertrauen?"

„Wir können der Person vertrauen und näheres wird dann später Herr Krone bei eine der nächsten Besprechungen für alle bekannt geben." Die Oberkommissarin sah sich noch einmal fragend um, aber niemand meldete sich zu Wort. Froh sich mit dieser Ausrede gerettet zu haben, verließ sie die Kollegen/innen und ging wieder in ihr Büro.

Dort wartete sie auf ihre Freundin, die auch bald hereinkam.

„Puh," meinte diese dann. „Da wurde mir aber gezeigt, dass ich nicht erwünscht war. Die beiden Kollegen von diesem Herrn Bartel drehten sich schweigend weg, als ich ins Büro kam und er selbst riss mir den Stick förmlich ohne ein Wort aus der Hand und sah mich mit einem Blick an, als würde er mich dahin wünschen wo der Pfeffer wächst. Deswegen habe ich dann auch nicht mehr nachgefragt wie lange es dauert bis die Bilder für uns fertig sind."

Sahra hätte sie jetzt am liebsten in den Arm genommen, aber das ging natürlich nicht.

„Mach dir nichts draus. Wir haben den Bartel heute wohl auf den falschen Fuß erwischt. Sonst ist er wirklich nicht so. Komm, wir sehen uns die Aufnahmen noch ein paar Mal an. Vielleicht finden wir doch etwas, das uns in den anstehenden Ermittlungen weiterhilft. Wenn wir dann auch die Phantombilder in den Händen halten, werden wir sie uns genau ansehen und mit der Aussage von Herrn Meier vergleichen!"

Jasira sah sie mit großen Augen an. „Du meinst…?" Sahra wiegte ihren Kopf hin und her. „Ich meine nur, dass wir leider alles und jeden kontrollieren müssen, wenn wir auf der sicheren Seite sein wollen."

Danach setzten sie sich zusammen an den Computer von Jasira und sahen immer wieder auf die überspielten Aufnahmen. Zwischendurch kam der Anruf von Herrn Dammeier.

„Die Spusi ist schon weg. Sie haben aber nur an dem braunen ledernen Fernsehsessel einen kleinen Blutfleck gefunden und es muss erst noch abgeklärt werden, ob es Blut von Herrn oder Frau Meier ist. Wir beide machen uns auch gleich auf den Rückweg."

„Sie können vor Ort bleiben. Ich nehme an, Sie und ihre Kollegin wurden von den neuen Erkenntnissen unterrichtet?" wollte Sahra wissen. Herr Dammeier bestätigte es. „Sobald die neuen Phantombilder fertig sind bekommen Sie beide diese auf ihre Handys. Dann stoßen auch Frau Sonneborn und Herr Klein zu Ihnen, damit sie in der ganzen Straße eine neue Befragung starten können. Alles klar soweit?" Der Kollege bestätigte und das Gespräch war beendet.

Es dauerte nach diesem Telefonat gerade mal zehn Minuten, dann klopfte jemand an die Tür und ein Mitarbeiter von Herrn Bartel trat ein. Er überreichte den beiden einen Stapel Bilder, um dann ohne Worte wieder zu verschwinden. Sahra und Jasira sahen sich die zwei Phantombilder genau an und verglichen sie dann Stück für Stück mit Herrn Meiers Beschreibung. Es passte aber alles. Das Telefon klingelte und der Direktor war in der Leitung als Sahra sich meldete.

„Hallo Frau Strelemann. Ich habe eine Astrid in den Personalakten gefunden. Sie arbeitet als

Teilzeitkraft in der Pressestelle und ist mir persönlich nicht bekannt. Sie ist aber zurzeit im Urlaub in Griechenland und es gibt keinen Hinweis darauf, dass die Warnung an den Kommissar aus dem europäischen Ausland kam. Woher sollte diese Frau wissen, dass exakt in dem Augenblick sich die Mörder auf den Weg zu Herrn Steinbach machten? Da kann ich Ihnen leider auch nicht weiterhelfen. Gibt es bei Ihnen etwas neues?"

„Ja, wir halten gerade die neuen Bilder der mutmaßlichen Entführer in den Händen. Wir haben das genau überprüft und sind der Meinung, dass Herr Bartel und die Kollegen gute Arbeit geleistet haben. Gleich machen wir uns auf den Weg in die Bachstraße. Die Spusi hat außer einem kleinen Blutfleck am Fernsehsessel nichts gefunden. Wem wir den dann zuordnen können, muss aber noch herausgefunden werden."

„Gut, unterrichten Sie mich, wenn dann weitere Ergebnisse vorliegen!" meinte Herr Krone und beendete damit das Gespräch.

„Wie sollen wir diese Astrid finden, wenn wir nur eine hier haben und die es nicht gewesen sein kann? Scheinbar stimmt was mit meiner Theorie nicht," meinte Sahra danach ratlos.

„Dafür werden wir auch eine Lösung finden," meinte Jasira tröstend. „Las uns erst einmal in die Bachstraße fahren und da nachsehen ob wir etwas ausrichten können. Ich werde aber mit meinem Auto fahren, um auch mobil zu sein."

„Genauso machen wir es und da wir auch noch keine Mittagspause gemacht haben, gehen wir hinterher was etwas essen und machen danach Feierabend."

Jasira strahlte über das ganze Gesicht. „Das ist eine tolle Idee!" „Gut, dann fahren wir sobald ich diesen Schriftkram erledigt habe, der sich hier angesammelt hat. Wenn du mir hilfst, können wir in zehn Minuten fahren."

Gesagt, getan. Es dauerte auch nicht so lange, bis die beiden zu ihren Autos gingen und diesmal getrennt losfuhren. Sahra voran und ihre Freundin hinterher. Als die beiden in der Bachstraße beim Haus der Meiers ankamen, stiegen sie aus und sahen sich erst einmal um – aber es war niemand von den Kollegen/innen zu sehen. Das niemand zu sehen war, musste aber auch nichts heißen. Die Oberkommissarin zuckte nur mit den Schultern.

„Na dann las uns mal ins Haus gehen," meinte sie zu Jasira. Um in das Haus zu gelangen, mussten sie das Siegel der Polizei aufbrechen. Die beiden trennten sich nicht, sondern sie gingen zusammen Zimmer für Zimmer ab, dazu gehörten auch die Räume im Keller und sogar der Dachboden. Aber es fanden sich leider keine Anzeichen, aus denen man schließen konnte, was mit dem Ehepaar Meier geschehen war oder wo sie sich aufhielten. Einzig der Blutfleck auf dem Fernsehsessel könnte ein Hinweis sein, aber das blieb noch abzuwarten. Die beiden Frauen hofften darauf, dass die Befragung mit den neuen Phantombilder Ergebnisse brachte. Nach beinahe zwei Stunden verließen die zwei das Haus unverrichteter Dinge und Sahra brachte ein neues Siegel an.

„So, das war es dann für heute," meinte die Oberkommissarin. „Magst du auch Chinesisch, Griechisch, Italienisch oder lieber deutsche Küche? Bist du Vegetarierin? Ich weiß so wenig von dir und bevor du mich fragst, ich esse alles."

Die beiden standen nun wieder bei ihren Autos als Sahra diese Fragen stellte und ihre Freundin dabei verliebt ansah. Jasira musste lachen.

„Du hast recht, wir wissen wirklich so wenig voneinander, aber das können und werden wir auch ganz sicher nachholen. Auf deine Fragen zu antworten, ich esse auch alles, aber ich war schon lange nicht mehr beim Italiener."

„Gut, dann fahren wir jetzt zum besten Italiener der Stadt. Der ist schon fast ganz außerhalb, sogar ziemlich nah an dem Ort wo die vielen Drogen beschlagnahmt wurden. Komm, ich fahre wieder vor. Wir brauchen ungefähr eine Viertelstunde bis dahin."

Die beiden kamen zügig voran. Die letzten 500m ging es leicht bergab und hinter einer Linkskurve lag das Restaurant Vesuvio. Während Sahra auf den Parkplatz einbog fuhr ihre Freundin einfach geradeaus. Die Oberkommissarin konnte nicht sehen, dass Jasira wie verrückt am Lenker drehte, die Einfahrt verpasste, weiter geradeaus fuhr und dann auch noch ungebremst gegen einen Baum krachte. Sahra stieg aus, nachdem sie ihr Auto auf den halbvollen Parkplatz abgestellt hatte. Sie sah sich um und war verwundert, dass ihre Freundin nicht zu sehen war. „Nanu," dachte sie. „Hat Jasira denn nicht mehr gesehen, dass ich hier abgebogen bin?"

Langsam schlenderte sie zurück zu der sehr breiten Einfahrt zum Parkplatz des Restaurants. Da sie beide ja von rechts gekommen waren, warf Sahra sofort einen Blick nach links. Fünfzig Meter weiter, vor der nächsten Kurve, begann auf der rechten Seite ein kleines Wäldchen. Sie sah jetzt drei Männer schnell und laut rufend auf ein Auto zulaufen, das gegen einen Baum am Waldrand gefahren war. Sahra erkannte sofort den Wagen ihrer Freundin. „Jasira!" Ihr Schrei war so laut und grell, dass sogar die drei Männer zu ihr hinsahen.

Was war geschehen? Als Jasira sah, dass ihre Freundin auf den Parkplatz einbog, wollte sie das natürlich auch – sie wollte, doch ihr Lenker ließ sich auf einmal ohne Widerstand in jede Richtung bewegen. Die Räder reagierten nicht mehr! Dazu kam, dass auch noch die Bremse versagte. Jasira konnte sie durchtreten so soft sie wollte, es kam keine Reaktion! Die Kommissarin tat das, was sie jetzt noch tun konnte: sofort in den ersten Gang runterschalten und die Handbremse anziehen. Dann noch beide Hände vor das Gesicht, Augen zu und auf das Warten was unvermeidlich kommen würde. Dies alles geschah natürlich in Sekunden – Sekunden, die für Jasira zur Ewigkeit wurden!

Sahra schaffte es sogar mit den drei Männern gleichzeitig am Auto zu sein. Ihre Freundin saß angeschnallt auf dem Fahrersitz mit einem jetzt offenen Airbag vor Gesicht, der einen beißenden Geruch verbreitete.

Sollte diese frische und gerade erwachte Liebe von zwei Menschen durch den grausamen Unfall so schnell beendet sein??

VITA

Kurt von der Heide wurde 1959 in Ostwestfalen geboren. Er ist verheiratet und hat zwei erwachsene Kinder. Seit seiner Jugend beschäftigt er sich mit dem Schreiben.

Angefangen mit Erzählungen und Reiseberichten, schreibt Kurt von der Heide heute Romane, Kinderbücher, Gedichte und Kurzgeschichten.

Bereits in mehreren Anthologien sind Gedichte und Kurzgeschichten von ihm erschienen.

Erfolgreiche Teilnahme an verschiedenen Ausschreibungen sowie Wettbewerben.